KB126546

이파리처럼 하루하루 끝도 없이

서광일
전라북도 정읍에서 태어났다.
1994년 『전북일보』, 2000년 『중앙일보』를 통해 시인으로 등단했다.
시집 『뭔가 해명해야 할 것 같은 4번 출구』 『이파리처럼 하루하루 끝도 없이』를 썼다.

파란시선 0131 이파리처럼 하루하루 끝도 없이

1판 1쇄 펴낸날 2023년 9월 15일
지은이 서광일
디자인 최선영
인쇄인 (주)두경 정지오
펴낸이 채상우
펴낸곳 (주)함께하는출판그룹파란
등록번호 제2015-000068호
등록일자 2015년 9월 15일
주소 (10387) 경기도 고양시 일산서구 중앙로 1455 대우시티프라자 B1 202-1호
전화 031-919-4288
팩스 031-919-4287
모바일팩스 0504-441-3439
이메일 bookparan2015@hanmail.net

ISBN 979-11-91897-62-3 03810

값 12,000원

이파리처럼 하루하루 끝도 없이

서광일 시집

시인의 말

함께 들어가지 못했다
오래된 그날, 야구 연습장
겨울 끝 우주 저편이 된 당신

여러 번 계절이 바뀌었지만
눈도 흐리고 설움은 무거워
얼마나 더 감지할 수 있을까

차례

제3부

제4부

해설

제1부

뒤에서 당신을 안았더니 물비린내가 나 속을 알 수 없는 그 푸름이 두려워 발도 담그지 않았는데 바다는 생명이 시작된 곳이라기보다는 끝나는 지점 같다며 갈매기들이 영혼의 자릿세를 받으러 몰려다니는 깡패 같다며 수평선인지 그 너머인지를 바라보던 당신의 눈동자 그 속에 뛰어들어 물질이 하고 싶었네

빠졌다
위험하다
몸부림친다

밤은 생각이 고이는 시간
기억이 부패한 사체처럼 떠오르는
낡고 오래된 저수지

바다를 지울 수 없다면
지칠 때까지 내버려 둬야 하나
생각이란 거 참 아프다

나쁘다 외롭다 악착같다

흡착돼 버린
당신이라는
수심

물음표

삭은 콘크리트 부스러기 같은 햇살
비스듬히 바스러지는 겨울 늦은 오후

구부러진 언덕길 눈 녹다 만 담장 옆
상자를 구기려 겨우 한 발 들어 몸무게를

펴지도 굽히지도 못하고 물음표 모양

칼바람 결에 당신 몸뻬 바지 펄럭일 때
인간의 직립보행 단계에 대해 만 번쯤

아니 직립할 수 있을지 두려웠던 난
앉지도 서지도 눕지도 못한 채
한 계절을 뒤틀려 지낸 적 있었지

등산용 간이의자에 간신히 직각으로 앉아
밥을 씹으며 국을 마시며 이를 악물며
통증에서 벗어날 자세만 궁리하다 수소문하다

밟아도 상자는 도무지 구겨지질 않고

물음표 닮은 당신은 펴지지 않고

어쩌자고 생은 노을처럼 잠깐 찌푸리다가
지평선 너머로 훅 사라질 순 없는 걸까

절룩절룩 저만치 어둠은 지나다니는데
한라봉 10kg 빈 상자를 오르내리느라

담장 너머
어렴풋이가
되어 가나

무너지는

두껍아 두껍아 울지 마. 비가 많이 와서 공치는 날 여섯 개 번호 앞에서 뭘 그리 주저하나. 한 번도 본 적 없는 조상님들께서 꿈속에 나타나 건널목 신호를 기다리다 큰 소리로 동시에 번호를 외치면 걱정이 덜 할까. 높은 곳에서 하염없이 떨어져 내리는 꿈이었지. 이제라도 키가 크려나 허망이 독버섯처럼.

소더비경매에나온555캐럿이라55개면으로커팅된블랙다이아몬드수십억년전운석또는소행성이지구와충돌하면서생성된것으로추정다른다이아몬드와달리지구내부에서나오지않아이것의이름은수수께끼라는뜻을가진'디에니그마(TheEnigma)'이며약51억원에낙찰되었다

걱정은 근심을 낳고 근심은 불안을 불안은 공포를. 걱정과 공포 사이에 무수한 하도급과 재하청이 있었지. 하도급은 노동자들의 직업소개소. 무뎌져 가지. 하청만이 노동자에게 자유를 지급할 수 있나니. 하도급만이 노동자들과 어깨 걸고 함께 나아갈 수 있나니. 걱정 따위 던져 버리고 하청의 품으로. 헌 집 줄게.

•

하늘이 무너져도 솟아날 구멍이 있다고? 기자들 불러 놓고 허리까지 구부려 가며 사과를 하고 회장님은 회장직에서 과감하게 물러나지. 고층 아파트 공사 현장이 순식간에 무너져 노동자가 건축 자재 파편이 되어 버려도 잠깐 내려오면 당분간만 조심하면. 두껍아 아무나 함부로 들어올 수 없는 새집 다오.

안전관리가제대로되지않은기업에서산업재해나대형사고가일어날때기업과경영자의처벌을강화하는내용을담은중대재해처벌법은1년유예후2022년1월27일시행산업재해나사고로노동자가숨지면사업주와경영책임자에게1년이상의징역이나10억이하의벌금으로처벌할수있도록……

별똥별처럼 네가 떠난 그날. 마음을 이루던 몇 만 개 눈물의 면이 박살 나며 커다란 슬픔이 콘크리트 구조물 따라 내려앉아. 어쩌면 그 어느 날 아파트가 무너지고 백화점이 무너지고 다리가 무너지고 환풍구가, 산기슭이, 지하철이, 크레인이, 아이가, 왕조가, 종족이, 나라가, 대륙이,

지구가 무너지고. 무너져도.

•

손바닥으로 몇 번 두드려 두껍아 두껍아 모래로 새집을 만든다면. 허무맹랑한 꿈을 억지로 다독이면. 산꼭대기에 올라 저렇게 아파트도 많은데 왜 내 집 하나가 없나 투덜대는 일이 사그라들까. 헌 집은 점점 더 헌 집이고 새집은 너무 비싸서. 언제 무너질지 모르는 공사장에 올라가 철근처럼 버티고 일해도.

경영책임자의범위가모호하고교육시설이나다중이용시설은중대시민재해의범위에포함되지않는등의문과비판이많은데다업체에서는대형로펌까지가세해대응준비에나서고안전담당임원을신설하는방식으로사고책임을분산하려는전략을세우며경영활동을저해하는악법이라는……

어떤 죽음에는 명분과 명예를 부여하기도 하지. 나팔꽃 잎처럼 뚝 떨어져 버린, 누군가의 부모였고 눈에 넣어도 아프지 않을 자식이라. 세상 전부가 무너져 버린. 위험이 위험을 무릅쓰고 죽음이 죽음을 분노가 분노를. 오래된 노래가 되면. 두껍아 헌 집에 살면서도 새집을 지으러 다녔지. 떨어져 내릴지 모르고.

•

두껍아, 두껍아, 동어반복, 반복 재생산, 두껍아, 여기는, 두껍아, 어쩌면, 두껍아, 죽어도, 두껍아, 소모되는, 끝나지 않는, 두껍아, 무한궤도에 감긴 것처럼, 두껍아, 두껍아, 서서히 중독되는 중금속처럼, 두껍아, 인두겁을 쓴, 두껍아, 괴물들만, 두껍아, 대를 잇는, 두껍아, 두껍아, 새집 줄게 헌 집이라도 다오.

•소더비경매에나온 ~ 약51억원에낙찰되었다: 『귀금속 경제신문』 요약.

•안전관리가제대로되지않은 ~ 벌금으로처벌할수있도록……: 「중대 재해 처벌 등에 관한 법률」.

•경영책임자의범위가모호하고 ~ 경영활동을저해하는악법이라는……: 「중대 재해 처벌 등에 관한 법률」에 대한 반대.

보육교사가 만든 어느 쇠파이프

따르르 뚜르르 알람이 또 울린다
고장 난 온수 매트처럼 몸이 무거워

어디선가 새벽은 아랑곳없이 울리는 망치질
관자놀이에 못을 때려 박으며 잠을 뺏는다

CCTV를 달고부터 어린이집 원장은 신경질이 늘었다
아이들은 예쁘지만 엄마들이 뿌려 놓은 근심의 분진

기다란 쇠파이프가 떨어져 쇠파이프를 때리며 땅

생기 없어 보일까 봐 눈썹을 그리고 립스틱을 바르고
거울에 웃는 연습을, 틀림없이, 몇 번이나 하는 중인데

또르르 따르르 뭉개져 말라붙은 밥풀처럼 눈이 떠진다

이제 일어나야지 아이고야 진짜 일어나야지
일어나기만 하면 아이들은 오늘도 까르르 웃을 텐데

누군가 밤새 벽에 걸어 두었던 내 영혼을 잡아떼

계속 같은 자리에다 분침을 돌려놓는 게 분명해

레미콘을 펴 올리는지 펌프카 엔진에 연신 힘이 들어간다
프레싱 붐을 긁으며 쏟아지는 콘크리트 속으로 빨려 들어가면

영혼과 습기만 고스란히 빠져나가 바싹 오그라들어
미라가 된 500년 전 여인의 미간처럼 고요하게 변할까

아스팔트 위 쇠가 쇠를 비비면서 지나는 아침
눈곱을 떼고 기지개가 필요한 것 같은데

뎅겅…… 온몸에 쥐가 나 잘린 쇠파이프처럼

아빠는 나비

여름 창가에 있었지
살랑살랑 바람이 불어왔지만
담요처럼 뜨거운 햇살이 덥혀
후드득 땀 후드득 난간
미끄러워 나비야
나비야 소나기를 맞은 듯
5층이지만 그리 높진 않아

내년엔 꼭 남들처럼
휴가 가자 그래 가자
몇 년을 미뤘는지 몰라
지금은 흐리멍덩해도 기약이란 건
어디가 좋을까 비행기 탈까
이런저런 궁리를 하다 보면
나비야 떠오를지도

솟구치는 줄 알았어
돌풍도 아니고 헛디딘 것도 아닌데
허벅지에 옆구리에 나뭇가지가 걸려
부러지고 부러지다

정신을 차려 보니 주차장
에어컨 설치는 여름에 바빠
매미 울음처럼

내일도 스무 군데 넘게 가야 하는데
지점장은 찢어진 옷값을 건네며
어깨를 토닥거렸지 어색하게 웃었지
허벅지가 잘린 것처럼 화끈거려
견딜수록 고통은 윤곽이 흐려지는 걸까
노랑나비 흰나비 춤을 추듯
걸음이 아파

아빠는 훨훨
에어컨 실외기 가스관만 남겨 놓고
노을 속으로

구연동화 워터월드 2

살랑거리는 봄바람을 안고 방파제 끝까지 달려가면
다리만 네 개 달린 콘크리트 덩어리가 엄청 많아요

꿀렁꿀렁 검은 바다가 밀려와 콜라처럼 부서지구요
재갈매기들이 미끄럼틀 타는 아이들마냥 왁자지껄

언니는 초등학교 4학년이라 수영을 해 본 적은 있지만
우리 둘 다 바닷물이 무섭긴 해요 차가운 테트라포드

사이는　　　　　　　너무　　　　　　　넓어

바닷속 괴물같이 커다란 입을 새까맣게 벌리고
엄마는 왜 산책을 천변 아닌 바다로 나온 걸까

바다 냄새가 나 꿈속에 타고 놀던 거북이가 떠올랐죠
귀엽고 깜찍한 물고기들 지느러미 저으며 말을 걸고
물갈퀴가 돋아난 듯 돌고래 따라 헤엄치며 춤을 추던

신나는 상상을 하니까　잠깐　용기 같은 게 생겨

아빠랑은 동물원에도 갔었는데 어디로 사라졌을까
슬픈 생각이 많지만 언니가 나보다 더 떨고 있어요

엄마랑 함께 있으니 무서워도 참아 속을 알 수 없는 바다
엄마는 한쪽 팔에 언니를 다른 팔에는 나를 안아 주었죠

바다는 눈물 맛이야   아니야   눈물이 바다 맛이야

옛날 옛적에 바다에 빠진 맷돌 때문에 바다가 짠 거야
힘껏 들어 올려진 우리는 그 와중에도 잘난 척을 했죠

어떤 도둑이 엄마 눈에다 훔친 맷돌을 빠뜨린 걸까

엄마 무겁지 힘들지 근데 무서워 괜찮아 엄마가 있잖아

솜사탕 같은 하얀 꼬리를 만들며 비행기가 날아가는 봄날
바람개비 접고 종이비행기 쉭 날리고 싶은 방파제 끝에서

엄마는 우릴 꽉 껴안고   힘차게   바다로 뛰어내렸어요

새가 되어 가리

뼛속을 비우는 게 먼저였을까
공허의 반대말 같은 건 없어

가파르게 곤두박질칠 힘이라도 남아 있다면

깃을 쭉 펼치는 게 먼저였을까
허공을 가르며 홀로 나는 새는

가끔 비싼 정장 차림으로 돌아와
행사용 전단 나눠 주듯 지갑을 열고
속절없이 소식이 끊기던 너

문자라도 띄웠다면 어땠을까
한 번도 네가 우는 걸 본 적 없지만

돈이 될 만한 일이라면 전부 찾아다녔지
황금알을 낳는 거위 따윈
주머니 터는 자들의 낡은 우화일 뿐

나중에 난 비행운이 될 거야

그건 장래 희망이었을까 유언이었을까

종일 쌓인 먼지를 털어 내는 뿌연 하늘빛
개나리 진달래 벚꽃 순으로 꽃은 피는데
빛은 이파리처럼 하루하루 끝도 없어

멈출 수가 없었겠지
멈춰지지 않았겠지

하나님은 어쩐지 하나가 아닌 것 같아
남쪽 어느 먼 도시 다리 난간 위에서

물속으로 다이빙하는 새처럼
돌을 가득 채운 배낭을 메고
모텔 수건으로 묶고

날개 같은 건 원래 없어

네 자리는 어디인가

바닥을 보았지

밀린 자릿세라도 남았나
울부짖을 것 같은 찬 바닥에 너

상자를 포개고
비닐을 뭉개고
종이를 끼우고

갈라 터진 자리에선 소리가 나지 않네
불그죽죽한 고름 딱지만 말라붙은 틈

사이로 폴폴 눈이 날려

술에 찌들어 웃통 까던 너의 홀아버지
피 토한 자국만 남긴 채 허물이 되어 버렸네

보육원, 재활원, 자활꿈터 건너 고시원
몇 번 눈을 감았다 뜨기만 했는데
소리 소문 없이 모아 논 통장만 물고 악어처럼

꺼진 전화 뒤로 사라진 동료며 애인, 이, 었, 던

바닥이 보였지

재채기만 해도 벽을 두드리던 월세 17만 원
고시원마저 몸부림치듯 빠져나가 버렸네

벌어진 엄지발톱 같은 밤

패스트푸드, 횟집, 고깃집 주방에서 주야로
물류, 가구, 얼음, 화장품 공장에서 공사장으로
차고에서 창고로 컨테이너에서 비닐하우스로
터지고 곪고 떨어져 마르다가 물러지면 너

내일은 어디로 가야 하나

바닥이 되어 본 적 있지만
바닥에게 난 고통이었을까 연민이었을까

두꺼운 외투 껴입은 바지 부푼 지 오래

모자라도 좋고 코끼리 삼킨 보아 구렁이어도 좋아
소리뿐인 거리에서 너는 소리 없이 흘러내리네
누운 자리마다 야광별을 달면 은하수가 될 수

가족 같은 바닥
무좀 같은 거리
다닥다닥 달라붙은
발바닥과 마주했지

차갑고 딱딱하게 윤이 난 자리
눈물의 오래된 냄새 사라지지 않아
어둠이 어둠의 목을 물어뜯는 너의

•모자라도 좋고 코끼리 삼킨 보아 구렁이어도 좋아: 생텍쥐페리, 『어린 왕자』.

주파수가 맞지 않는 재난방송

어쩌면 만날 기회조차 사라질 테니

당신은 결국 개망초를 따라 떠나 버렸고
나는 피를 보았다 괄약근에도 시간은 흐르더니

비닐 찌꺼기와 플라스틱 조각으로 섬이 생겨
관계는 자연스레 정리되고 부모로부터 분리된 후
인간들은 네모난 방에 들어앉아 쓰레기를 낳아 댔다

골목 끝에서 골목 끝이 어그러지더니 보이지 않았다

피곤하지만, 마디마디가 끊어질 것처럼 저렸지만
땀에 전 옷들을 빨래 바구니에 던져 넣으며 지난겨울
내리는 눈을 만지던 손끝을 당신 볼에 대 보던

안부를 묻는 대신 내가 나를 만져 본다

10여 년 만에 부분일식이 있었지만
혼자 볼 엄두가 나질 않았다

셀로판지 같은 밤이 여러 겹으로 밀려오고
아무도 만날 수 없기에 아무런 연락도 하지 않았다

식탁에 앉아 발톱을 깎고 냄새를 맡는다
이제 어떤 부위에 집착 많은 병이 찾아올까

가득 찬 지하철에 몸을 구겨 넣어야 하고
쏟아지는 사람들 사이에서 밟거나 밟혀야 하며
정수리나 겨드랑이 냄새를 맡고 기침이 나도
아무렇지 않은 듯 입을 꽉 다물어야 하고

정거장을 지날수록 과적에 잘 맞는 몸으로 진화해
마스크에 일어난 보푸라기처럼 엉성하게 마모되어
쏠리거나 뜯기지 않으려고 뭐라도 붙잡아야겠지

물기가 다 빠져나간 몸을 겨우 바닥에 뉘면
쏟아지는 운석처럼 예견들이 타들어 가며 부서졌다
숨을 크게 들이쉬다가 목이 아프고 갈증이 났다

이맘때쯤이면 외로움을 크게 틀고 바다에 갔었는데

당신은 개망초 꽃처럼 단단히 버티고 있을까

앓고 있는 듯 고함치며 덤비는 사람이 늘어 가고
도와주고 싶어도 거리를 유지해야 할 것 같아서
멈추거나 적당히 가던 길을 가고 있다

솔솔바람이 부는데 숨이 막힌다

흰 눈

—white out

가로등이 끔벅 끔버버벅

비스듬히 세워 둔 접이식 카트 위로 눈이 내린다
상자를 구부리던 할매가 느리게 눈을 감았다 떠

어떻게 된 거지
까만 눈동자는
어디로 간 거지

언덕 위 골목은 너무 늙어서 구덩이마저 비슷비슷해

재활용 봉투를 헤집어 유독 알루미늄 캔만 골라 담는
저 할매의 손끝엔 어떤 식별 장치가 숨겨져 있을까

손을 깊숙이 넣으면 내게도 저런 집요가 잡힐까
뭘 조금만 오래 보고 있으면 초점이 맞질 않아

할매의 윤곽이 흐릿해진 게 눈 때문인지
언덕을 가파르게 내려오는 바람 때문인지

어제 어머니는 혼자서 백내장 수술을 하고 왔다

두 손 모아 힘을 꽉 주고 백만 번쯤 비벼
할매 눈에 가져다 대면 앞이 환하게 밝아질까

새벽 세 시에 쌓이는 눈은 나풀대는 포장지를 닮았지만
뜯겨 엉켜 버린 투명테이프 같은 날이 반복될지도 몰라

공중으로 소스라치며 눈이 솟구친다

미끄러지면 다시는 돌아오지 못할 것처럼
카트를 눕혀 부들부들 경사진 골목을 기어오르는

하얀 눈을 가진
언덕의 점자를 고르는
굽은 할매

하나라 제자리에 두었습니다

육교 계단을 오르다가
다리 하나를 보았습니다

무릎이 뚝 꺾여진 것처럼 아픈 건
녹슨 난간에서 떨어져 내린 쇳가루 때문일까요
먼 데서 날아온 사고 소식 때문일까요

내 것이 아닌 것 같은 아침입니다

병원에 가는 길이었고
엎드려 구걸하는 손바닥 위에 지폐 몇 장이 있고
계단에는 부러져 버려진 새 다리 하나

잔뜩 통증을 참고 있는 하늘입니다
새는 어디로 갔을까요

나는 누군가의 다리만 본 적은 없지만
어떤 것의 사라진 다리를 본 적은 있습니다
슬그머니 손을 갖다 댄 적도 있습니다

사라진다는 말 사라졌으면 좋겠습니다

다리 하나를 주머니에 넣을까
그러다가 찾으러 온 새가 헤맬까
제자리에 두었습니다

구름이 바닥에 떨어져 뭉개진 유리문처럼
낮인데도 병원에는 수백 개의 근심과 신음으로
불이 켜 있습니다

다시는 하나만 보고 싶진 않습니다

아니다

멀리서부터 어색하게 웃고 있었지만
당신의 어디가 조금이라도 좋아서 그런 게 아니다

접질린 마음 불편하게 들키지 않으려고, 아니다
비겁하게 옆 골목으로 빠져나가려던 걸음 붙잡은 거다

달덩이처럼 부어올라 떠오를 수 있다면
보풀이 되어 바람에 훅 날릴 수 있다면, 아니다
지금 필요한 건 어설픈 판타지가 아니다

말문이 막히는 자리에 버젓이 당신
슬픔이 넘쳐 진실이 필요한 자리에
용기 내어 꺼낸 아픔을 응원하는 자리에
정말이지 이건 아니다 당신은 아니다

온몸으로 던진 술잔처럼 함부로 날아든 당신
깨진 유리컵 파편을 맨발로 밟은 듯 주춤 우린 참았지

허름한 차림으로 당신은 피곤한 얼굴 웃어 보이지만
보이는 게 다가 아니다 결코 그건 당신이 아니다

슬픔을 앞장서는 자의 이력이 아니다
아픔을 반성하지 않는 자의 앞가림이 아니다

어느 날 당신이 가능한 인맥을 모조리 동원해
거리에서 시장에서 악수하고 유세까지 할까 봐

아니다
당신은 누굴 섬기거나 헤아릴 사람이
아니다

폭염경보

1.

인간과 오만과 남용과

2.

최근 일주일
온열 질환자 1,448명
사망자 13명

3.

가난한 자의 임계점

4.

문을 열다가
4층 계단을 올라와 초인종도 누르지 않고
큼지막한 스티로폼 상자 2개를 문 앞에 대충 던져 놓고
헉헉대며 내려가는 택배 아저씨와 눈이 마주쳤을 때

긴급 재난 문자가 왔다

뚝뚝 떨어지는 땀과 국물 젖은 바닥
대충은 택배 아저씨와 나와의 간격

5.

두 계절 내내 한 문장도 쓰지 못한 펜과
일 년 동안 눈물 한 방울 흘린 적 없는 눈 가운데
급하게 절개수술을 해야 한다면 어느 쪽을 잘라야 할까

인류가 달려들어
울긋불긋
멍들어 가는 지구

장인 장모에게 보증을 서 달라고 간곡히 부탁하더니
울다가 구걸하다 협박하다가 화를 내다 욕이 된 처형은
몇 번씩 전화통에 불을 낸 후 소나기처럼 증발해 버렸다

6.

신도시 8차선 대로변
술에 취해 택시를 기다리던 사내 앞으로
쓱 옆문이 열리며 속도를 줄이는 검은색 승합차
비틀거리면서도 불길을 직감한 사내는
번화가 쪽으로 달렸다
어둠 안에서 슬그머니 반짝이다
사라지는 정글도
뒤따라오며 오다 서다를 반복하는 승합차
머뭇거리다가 4차로를 가로질러 U턴
빠르게 사라졌다

,

,

,

집 앞에 도착한 택시
짜증 내며 깨우는 기사의 쉰 목소리
뒷걸음질 치며 이만 원을 쥐여 주고 도망가듯
땀에 흠뻑 젖어 달라붙은 사내의 흰색 와이셔츠
화단에 주저앉아 열대야와 악몽과 불면의 연관성을
지나친 접대 문화에 대입하려다가 토하기 시작했다

이 도시에서 돌이킬 수 있는 건 먹은 음식뿐인가
기도와 식도 사이에 낀 것들을 마저 뱉느라
코를 들이키고 가래를 끝까지 끌어 올리며
가파르고 깨진 데 많은 계단을 오른다

7.

그해 여름 너와 난
밤이 질투하는 별을 보며
목청껏 고함도 질렀는데
별똥별에 닿으면 우리도
잠깐 빛나다 사라질까 봐
부러질 듯 손을 꼭 잡고
긴 이별 노랠 불렀는데

8.

뉴스에서 94년도 여름과 비교한다
난 그해 6월 자대 배치를 받았고
강원도 양양에서 여름내 이등병이었다

여러 모양으로 대가리를 박았고
각 잡고 앉아 있느라 등에 담이 결려 있었다
이 새끼 계급장 띄고 함 붙으까라는
병장의 도발에 주먹이 날아오길 기다렸다

9.

후드득
머리와 어깨에
새똥이 떨어질 때
문득
내가 당신에게
이런 광경이었을까
곤혹이었을까

10.

한여름 부산에 간 적이 있었지
형편 때문에 미루다 미루다
아이들과 함께 간 첫 여행

성수기라 다른 가족들과 날짜까지 맞춰
달력에 빨간 펜으로 3박 4일이라고 적던
딸아이의 손글씨
그 설렘체

차에 기름을 채우고
마지막 휴게소를 빠져나오던 중
사촌 동생의 부고가 왔네
갑자기 떠난 이들의 관용구
심장마비 자다가 떠났다고
여기저기 전화를 넣어
지방 공연이라는 핑계를 대자마자
친지들은 약속이나 한 것처럼
이해했지만

미안함이 미안함을 앞지르고
미안함이 미안함보다 먼저 울음을 터뜨릴까 봐
미안함이 미안함으로 뒤덮이는 줄도 모른 채
미안함이 보이지 않도록 잘 감춘 후

갈 수 없는 이유는 많았네
밀면은 시원했고 해운대 야경은 화려했으며
씨앗호떡의 원조를 찾느라 국제시장을 헤맸고
자갈치시장 앞 부산 어묵 국물은 끝장이었지

100kg이 넘는 거구였던 사촌 동생은
그 여름 얼마나 차가워지고 싶었던 것일까
이래도 좋고 저래도 좋아 웃음 꾸러미던 눈망울로
한복판에 떠나는 길이 폭폭하진 않았을까

11.

동틀 무렵
저 많은 새의 지저귐은 무엇을 향해 가고 있나
유독 내 창 앞에서 악을 쓰는 중국 매미의 울림판
어떤 대가를 치러야 조용히 찢어 버릴 수 있을까
땀을 문지르며 벌목과 방화의 충동을 삭이느라
냉장고 문을 열어 둔 채 벌컥벌컥 찬물만 마신다
소리도 햇살도 머리도 점점 더 뜨거워진다
바지 주름 사이 타들어 가는 담배 불똥처럼

제2부

그 사이

그러니까 그 사이에서
협착되어 쪼그라들다가 거짓말같이
구부러진 수액 걸이가 될까 봐
발이 무겁고 뻣뻣했다

뚜껑 없는 간이 용변기를 들고
712호에서 중앙 통로 화장실까지
환자와 보호자를 비켜
휠체어와 목발과 이동용 침대를 피해

어머니는 장협착증으로 백병원에 입원했다
관장을 해 보았지만 막힌 변기처럼 역류했다
콧줄을 달고 담즙 섞인 녹갈색 액체를
불규칙하게 토하며 6인실 환자들의 비위와 잠을 훔쳤다

그러니까 그 사이에도 어머니는 변의를 느꼈고
보호자들에게 건성으로 눈인사를 하거나
어색한 미간을 피하며 거리를 두느라 애썼다
마스크 따위 쓰든 걸치든 거치적거릴 뿐

커튼을 치고 어머니는 간이 변기에 앉아
무음 상태로 힘을 줬지만 소량의 소변과
짜낸 것 같은 대변이 소변 한가운데서
울고 있는 것만 같았다

아플수록 말을 붙이려는 사람
아플수록 말이 없어지는 사람
사이에서 TV 소리는 유난히 컸다
앓는 소리에 맞춰 놓은 능동 제어 기술

어떤 고통은 뒤죽박죽이거나 몽환적이어서
뉴스에서 보도되는 사건 사고만큼 빨리 지나가는데
미세해진 원한들이 대기 중에 쌓이는 것처럼 보였다

그러니까 그 사이
어머니는 아픈 배를 움켜쥐고 걸었다
걸어야 변이 나온다는 간호사의 꾸중을 듣고
자학으로 참회하며 순례하는 성도인 양
7층 복도를 느리게 떠돌았다

아파 죽겠다　　　　　　　너무 아파서 죽고만 잖다

침대 넘어 침대 넘어 침대
대장암에 디스크까지 수술을 두 번이나
슬픔을 나누면 반이 된다고 하던데 통증은 아니다
어쩌면 우리는 제각각 아프다
모든 게 괜찮아질 것 같지 않았다

그러니까 그 사이에 맞은편
반만 세운 침대에 꼽등이처럼 말라붙은 할머니
돌돌 만 기저귀를 버리러 가는 아들과
발길이 엉켜 서로 우왕좌왕하는 동안
어떤 미래는 손에 잡힐 듯
다가오는 건지도 모른다고
잠깐 손을 들 뻔했다

여름 우울

♦

제기랄 아프지 마

너무 힘에 겨워 링거를 맞았다는 동생 문자를 받고
귀에서 삐 소리가 나기에 머리를 몇 번 흔들었더니
늘어진 내복 같던 아버지 배에 인슐린 주사 자국이 늘었
다

땀 흐르는 등골 / 골판이 드러난 종이 상자
잘 벗겨진 구리 전선 / 힘줄인지 핏줄인지
대각으로 구부러진 손가락 / 압도적 관절염
더운 바람 / 굳은살 / 거스러미 / 깨진 손톱

버려진 전자 제품 분해하기
나사를 푸는 동안 계절도, 설움도, 추억도
빡빡하지만 다 풀려나갔다

목욕 의자에 앉아 전선 피복 벗겨 내기
벗겨 낸 질문들은 왜 다시 돌아오는가

내게서 벗겨진 것들은 왜 그리 끈적거렸나

언제까지 견딜 수 있을까 인간은
체온을 이미 넘어선 뙤약볕 아래
마스크 쓰고 심호흡하며 꿈꾸기

♦♦

선풍기에서 플라스틱 냄새인지 소독약 냄새인지
가늠할 수 없이 우울한 냄새가 죽음에 가까운 냄새가
그만두라던 대표의 겨드랑이처럼 흥건했다

대략 지은 경비실
늘 열려 있는 철문

치약 냄새, 하수구 냄새, 비누 냄새, 김치 냄새, 땀 냄새,
걸레 냄새, 메리야스 냄새, 양말 냄새, 운동화 냄새,
화장실에는 덜 마른 것들의 대화가 꿉꿉하다

땀이 줄줄 흘러도 모자가 벗겨지면 계약이 해지될까 봐

아파트 구석구석 입주민이 원하는 허드렛일까지 않으면

법이 만들어지자 해고만 늘었다
법을 바꿔도 명칭만 바꿔 피한다

제기랄 떠나지 마

원래부터 얼굴이 없었나
법을 만들면 그걸 뛰어넘는 놈들
죽은 자들 사진만 비스듬한데
놈들의 얼굴은 도무지 알아볼 수가 없다

여전히 담장에 기댄 가로등처럼
남을 헤아리는 일로만 밤을 채울까

당신을 오래 두고 미워한 사람에게서
더 낡은 저주로 귀싸대기를 맞을 때도
부풀고 갈라 터진 합판 쪽문 귀퉁이
웃는 건지 웅그린 건지

♦♦♦

어떤 뒷모습을 보면
왈칵 안아 주고 싶은데
지켜 주고도 싶은데

노을처럼 멀리서
생각만 붉어지다가

제기랄 울지 마

멀리 던진 돌은 찾을 수 없다

돌이 된 것 같아서

어쩌면 당신 어딘가에서
우두커니 밑돌처럼
축대나 담벼락을 받치고 있느라
후미진 마을로 흘러갔을까 봐

달동네며 골목이며
두들겨도 보고 톡톡
발끝으로 건드려도 보고
다른 돌까지 들춰내
내리찍어도 보고

꿈쩍도 하지 않는다는 말
설움이 돌돌 말렸다는 말
울울한 당신 말이 없네

마음 안쪽 너덜겅이 있어
모조리 무너지진 않았지만
더 아플 일도 더 외로울 일도

없어야 할 텐데

어쩐지 당신 어디서든 천천히
마애불처럼 바스러지고만 있을까 봐

신발도 벗고 양말도 벗고
가만가만 바위를 밟았네

바위만 디디며 올랐는데
산봉우리에서 깎아지른 절벽 아래를
내려다보기는 했는데

격벽처럼
이쪽과 저쪽을 가르고 있는 게
당신이었을까

마음 어귀에 놓인 커다란 돌이
당신이었을까

온몸에 있는 힘을 다해

구석기만큼 멀리 던졌는데

돌아올 수 있을까 당신

떠돌이

공회전하는 트럭
전조등 앞
입김들 분주하다

예감이 꽉 찬 눈망울
소들은 짐칸에 나란히 서 있다
새벽 네 시, 아버지는 떠났다

며칠이 걸릴까 운명 같은 거
우적우적 다시 내어 씹다 보면

아버지는 어둠의 일부 같았지만
어둠을 빌려 쓰는 중이었다

값싸고 좋은 소 돼지가 있는 곳이라면
풍랑에 몰린 섬이든 트럭이 갈 수 없는 골짜기든
동틀 무렵 햇살을 이고 안개를 지고 도착했다

장돌뱅이
　　　　길 위의

되새김질

뒷발질에 채이고 채여도
나자빠지지 않아야 했으므로
소 돼지와 버럭으로 소통했다
가만 보면 알아듣는 듯도 했다

바지선에 돼지를 몰아넣고 남해를 건너다 표류
할머니 무거운 짐 들어주다 깡패들에게 포위
잠바 안쪽에 몰래 들어왔다 나간 면도 칼날

집에 강도가 들어 아내와 자식들이 다칠까 봐
장사 밑천 전부를 고스란히 내어 준
내색 한번 않던 돌짐승

사고팔다 보면 위험부담쯤
바지 끝단에 묻어나는 가축 배설물 같은 것

쪼그려 앉아 담배를 물고 소에게 말을 거는 아버지
몇 겁의 업보를 쌓아야 살뜰한 저 언어를 필사할 수 있

을까

한 번도 직접 기른 소에게는 코뚜레를 하지 않았다

한 사람을 아는 것 한 사람을 껴안은 채
속을 끓이며 앓아도 애태워도 모자란 것
얼마나 먹먹해져야 언제까지 묵묵해져야

여러모로 닮았는데 어쩐지 아는 게 너무 없다
시작이 저긴데 여전히 난 고장 난 나침반처럼
두리번두리번

엎치락뒤치락

혼자라는 생각 닳지 않았다
바람과 파도는 닿지 않았다

어땠을까 겨울에 너는 구석구석 희뿌연 먼지
휴지에 물을 묻혀 막막한 안쪽부터 닦아 낼까
뱉다 만 한숨 추스르다 고개를 뒤로 젖힐까

그때부터 모로 튼 슬픔마저 삼켰는지
보일 듯 말 듯 수평선 혼자라는 윤곽

광어회에 초장을 듬뿍 찍어 상추와 깻잎을 겹쳐
어떤 희망 같은 걸 얹고 소주잔을 부딪치다 보면
조금씩 나아가는 느낌으로 달아오르는 것 같았는데

바다에 그리고 겨울에 왔지만

버티는 일이야말로 울음이나 눈물보다 멀미가 심해
지독한 바람 때문일 거라고 파도 때문일 거라고
방파제 끝까지 달렸지 가슴이 터져라 달렸지

잠시 숨을 멈출까 생을 저밀까
농담처럼 고여 묘지가 된 자리

홀로

지난 계절에는 지하철에서…… 화력발전소에서…… 방
안에서……
고시원에서…… 노동자가, 작가가, 배우가, 세 모녀가,
선량하기만 했던 누군가와 누군가가 튕겨 나가
아무 데나 깨져 박힌 돌멩이 파편처럼 떠났지만
세상은 어느 것 하나 흐트러지지 않았으며
문득문득 혼선되며 연락이 닿는 듯했으나
어설프게 은폐된 문장들만 맴돌아

사람들은 어느새 퇴화를 선택했다
가해자도 피해자도 되지 않으려고
혼자…… 낯선 골목에 접어들면
늘 막다른 길에 들어선 것처럼
돌아서지도 못한 채 경직돼

사람이 사람을 사랑하는 것 같지만 그게
사랑하고 있는 나를 사랑하는 것이라면
내가 나를 죽이는 것 같지만 그게
누군가를 죽이지 못해 대신 죽이는 것이라면

주체할 수 없는, 숨겨지지 않는
그게 감정인지 상태인지 욕망인지
불분명한 울렁거림
혼자라는 울컥거림

정읍, 염소

몇 마리 염소가 울었을까

당뇨로 건강을 잃고 고향에 돌아온 당신
쇠파이프를 자르고 박고 비탈에 철망을 치고

자갈이 많은 밭에다 집을 짓고 염소를 길렀네
잃어버린 형편을 메우기에 염소 울음은 부족함이 없었네

하루하루 무너진 축대를 다시 쌓는 일
울음을 삼킬 때마다 염소가 맥박처럼 울었네

새끼 낳을 때 되면 잠도 오지 않아서
발소리만 듣고도 모여드는 염소는 당신을 들으며 자랐네

일 년 새 울음소리 두 배로 늘었네

피로와 허약을 보하며 몸속의 기운을 끌어올려 주고
마음을 편히 다스리며 놀람을 진정시켜 준다는데
당신은 한 번도 제대로 먹어 본 적 없네

기슭이고 둔덕이고 타다닥 올라서기 좋아하는데
쉴 새 없이 우물거려도 동글동글 똥은 예쁘게도 싸는데

어느 새벽
눈을 떴을 때
아무런 울음도 들리지 않던 참혹한
적

막

여기저기 억지로 패인 자국
염소들을 몰고 어둠 속으로
울타리 너머 바퀴 자국만 남기고
사라진 흔적, 흔적뿐인 도적

어떻게 견디고 있을까
어디로 몰아냈을까
메에 에에 맴도는
울음을 메아리를 발굽을

부들부들 온몸으로

부딪히는 뿔을

설 다음

설인데 세배하러 가지 못했다

안전 안내 문자 뒤로
부고 문자가 독촉장처럼 끼어들었다
어쩐지 눈송이도 최선을 다해 내리는 것 같지 않았다
삭아 부스러진 스티로폼 같던 지난해
오도 가도 못 한 날들이 바람결에 떠돌았다

눈이 눈에 들어가 흐르기에 잠깐 멈췄다
사거리 모퉁이에서 붕어빵 일곱 마리를 샀다
네 마리는 팥 세 마리는 슈크림
다음 골목에선 찹쌀 도넛 한 봉지도 담았다
덧대 놓은 뽁뽁이처럼 약간 들떴다

타지에서 장사 다니느라
거친 숨에서는 술 냄새 불콰했고
갈라 터진 손엔 담배 내 찌들었지만
며칠 만에 집에 오는 길가에서
아버지는 주전부리를 봉지 가득 담았을 것이다

아버지 드셔 보세요

엊그제 또 보청기 한쪽을 잃어버리셨다
당최 어디로 날아갔을지 모를
그것 앞에서 얼마나 두리번거리셨을까
빈 데를 데면데면 어루만지며

설 지나고 세배를 하려니 서로 어색했지만
이렇게라도 해야 복을 받을 수 있을 것만 같았다
아버지는 틀니 때문인지 오래 오물거렸다
나는 멈춘 벽시계처럼 멍했다

엉망진창

1.

혼자라는 상념 때문에
그대 그림자 언저리에 매달렸나

혼자라는 잡념 때문에
두루 해칠 증오를 품었나

혼자라는 집착 때문에
농담이 진담으로 다가와 맺혔나

혼자라는 집념 때문에
막다른 길에 다다를 무렵 웃음이 눈물이

2.

그게 넓은 전면 유리창이었는지
지상으로 겨우 난 반지하 화장실 쪽창이었는지
오래된 작은 교회 스테인드글라스였는지
달리던 조수석 차창이었는지

알 수 없지만

창밖으로
스무 살을 지난 내가 보였어
물리학적으로 이해할 수 없는 광경이라
창을 열고 큰 소리로 불러야 하나
아님 조용히 뒤를 밟아야 하나

여기저기 조명이 켜지고
어스름 건물 사이로 사람들 형체만 분명해질 즈음
어떻게 나는 저기서 저러고 있는 걸까
뭔가 다 빠져나간 표정으로 고개 숙인 채
사랑이 끝난 어느 날일까
숱한 응모에서 떨어지고 체념과 변명거리를 찾는 걸까

뭔가 손에 잡힐 것 같은 게 나타나기만 하면
온몸을 던져 찾아가느라
잠들기 전까지 지친 몸과 맘을 밀어붙이던 내가
깊고 곤한 잠을 찾아 헤매는 얼굴로 저기서

3.

세상에 공짜는 없다
공짜라는 미끼가 떠다닐 뿐

부딪힐 듯 걸으면서도
스마트폰을 부유하는 영혼들

못난 인간일수록
틈만 나면 남을 훔쳐본다

자물쇠에 꽂힌 채
부러져 버린 열쇠 같은 눈빛

4.

윤회가 있다면 일곱 번쯤 인간으로 태어난 것 같고
서른 번쯤 축생, 나머지는 지옥과 아귀를 반복하다가
요즈음 아수라를 건너는 중이다 유리창에 비친 나는
혼자 밥 먹고 혼자 위로하는 시간이 많아지는 걸 보면

스테고사우루스 등에 지그재그로 달린 골판은
체온조절이나 과시하기 위해 빗겨 달린 것이다
어떻게 가슴 온도를 조절하는지 나는 아직도 모른다
무시당하지 않으려고 삐딱해진 가슴 방향이 저린다

5.

어쩌면 '우리'라는 말 유통기한 지나 버린 문자일지 몰라
겨울을 어떻게든 버티고 나면 재난 안전 요령을 구매해야지
울타리마다 다투어 피는 능소화처럼 서로 이해했더라면

입가에 하얀 침이 고인 남자가 불 켠 방 바퀴벌레처럼
우리 주 예쑤 그리스도를 외치며 지하철을 헤집고 다녔다

사람들은 손바닥만 한 세상에서 한순간도 눈을 떼지 못하고
문이 열리기도 전에 겁에 질린 것처럼 앞사람을 밀어 댔다
내리는 사람과 타는 사람 사이에 얄팍한 틈이 있다

끼고 싶지 않았다

6.

도시에무수한빛이있으니그림자놀이처럼
수두룩한'나'들이벌이는포교가시작되는밤
절망적인문장들을건져올려시도하는심폐소생술

태어나기전부터혼자였다아니다지독한연민들각질들
십자가의방식으로나이외에다른신은섬기지말라는듯
제꼬리마저물어뜯으려고송곳니를드러낸교조주의자들

흩날리는털홀로마주하는꿈,죽음,이별,혹은사랑
무의미한동어반복뫼비우스의띠속으로들어간'나'
우주에서날아든별똥별충돌하는대기의희뿌연틈새

어긋나기쉽고뒤틀리기좋고부서져버릴것같은
'나'를창가에몰아세워놓고종일수다를떠는일
끼니때마다밥상머리에서비슷한훈계를늘어놓는일

파멸과창조의반복학습무절제한자기복제
'나'도살게하는혹은없게하는수많은창과틀
움켜쥐고싶은간,터질것같은폐,역류하는내장

모세혈관에차오르는모래먼지,심장에박혀버린자갈
누구나만날수있지만아무도만날수없고말할수없는
'나'는'나'를죽이고또다른'나'와함께멀리숨어버렸다

사라진자리마다재개발추진위원회가난립했고
담장밑에는두서없이쓰레기가쌓이기시작했다
속수무책흙탕물이차올라눈물사이를부유했다

사과 껍질을 깎다

푸석하게 멍든 자리를 도려내다 말고
떨어진 껍질을 주워 최대한 꼭꼭 씹었다

어머니는 사과 껍질을 길게 깎는 나에게
아주 멀리 결혼해서 갈 거라고 했는데

탁 직각으로 칼집을 내는 것도 착잡한 예고 같았다

뉴스에서 여자 친구와 다투다 때려 숨지게 한 남자가
7년 형을 받았다는 기사를 헤아리다 손가락을 베었다

살이 벌어질까 봐 꽉 누르며 약상자를 찾는 동안
누구든 사람을 쳐 죽인 사람은 반드시 죽여야 한다는
고대의 율법이 떠올랐고 입가에 맴돌았다

많은 복수가 법 때문에 일어날 거란 예감이
피 묻은 화장지처럼 선명하게 번졌다

사과 껍질을 끊기지 않게 깎는 일 대신
누군가 죽여야 할 일이 생긴다면 그럴 수 있을까

딸아이를 죽게 한 남자가 7년 후에
모든 형벌을 용서받은 참참한 얼굴로 웃는다면
칼을 넣기 좋게 탁 직각으로 칼집이나 내는 일이

쉬울까

영양분이 많다며 어머니는 껍질만 우적우적 드신다

개똥이의 고백

—고부에서 2

내년에도 자목련 피는 거 볼 수는 있겠지라우. 지는 말이요이 동구 밖이 반은 허옇고 반은 자색으로 물든 자목련이 그라고 좋던디. 요것이 필 때는 아지랑이모냥 확 피어가꼬 봄을 땡기고 질 때는 토라지드끼 한꺼번에 지는 것이 꼭 누에머리 살던 꽃님이를 닮었지라우. 긍께 봉기를 앞두고 느자구읎이 요거시 뭔 청승인가 싶기도 헌디 싱숭생숭헌 맴 이라고라도 포도시 찹찹해지까. 우덜은 봄이 오믄 흙 갈고 비가 오믄 물 대다가 하늘의 순리를 따름서 식솔들 모다 나누는 재미가 전부였는디 인자 고것도 당분간은 제끼 두고 괭이자루, 쇠시랑, 죽창 하나썩 들고 나섰응께 으디로 갈지만 갈쳐 주믄 미천한 심이나마 못 보태겄소이. 으찌 하늘 낯바닥이 거무스레헌 것이 비라도 옴팡지게 싸질러가꼬 이놈의 시상 싹 다 쓸어버리믄 속이 쪼까 시원해질랑가. 베락이라도 온종일 내리찍으믄 썩어빠진 탐관오리덜 속속들이 불타오를랑가. 슬픔도 차오르고 분노마저 넘치믄 봇물맹키로 터져 나갈지 노을맹키로 뻘거니 물들지 저 잡것들은 몰랐겄지요. 앉으믄 죽산 일어서믄 백산이 될 중 꿈에도 몰랐겄지요. 그랑께 바다는 채워도 사람 욕심은 못 채운다꼬 물귀신 같은 만석보까정 맹글어 놓고 백성들 피땀을 오입쟁이 지 욕심 채우드끼 뱃구

레에 욱여넣었겄지요. 사람 욱에 사람 읎고 사람 아래 또
한 사람 읎응께 몸땡이 빠개지는 중 몰르고 발바닥 터지는
중도 몰르고 여까정 달려온 사람덜 보쇼이. 칼끝맹키로 선
뜩헌 기운이 동네방네 벼리고 있어 불어도 흑허니 펄럭임
서 산을 이루고 시퍼러니 솟아올라 내를 이루는 갑오년이
지라우. 곰지락곰지락 에미 품 파고들 듯 이 나라 구허고
백성들 편안허게 헐 시상 따순 봄 햇살 타고 오겄지요이.
자목련은 맹년에도 후년에도 담장 옆이서 허벌나게 필 것
잉께. 거시기 나 걱정은 허덜 말고. 여그서 뜻 같은 이들이
랑 동기간모냥 살갑게 지내고 있응께. 암시랑토 안혀, 암
시랑토 안하당께. 엄니 혹여 먼 소식이라도 오믄 절대루
다가 짠허니 있지 말고 겁나 자랑스러워 허쇼이. 아따 걍
눈에 머시 들어갔는갑따.

비대칭

오른쪽은 밤마다 언어를 만진다. 태양계를 떠난 신호들은 지금쯤 돌아오고 싶을까. 불쑥 손을 더 깊이 넣어 음습하고 예민한 안쪽을 막무가내 움켜쥐려는 건지 모른다. 이 넓은 우주에 우리만 있다는 걸 확인하면 지구를, 저편을, 언어를 조금이라도 보살피려나. 천적을 만난 갑각류처럼 꽉 다무는 밤. 문장의 깊은 해저 면에서 올라오는 푸르스름한 반사 신호. 뼈마디가 파르르.

왼쪽 눌린 자국. 눈을 뜨자마자 몸을 푼다. 온몸으로 언어를 받아들여 보려고 근육을 오므렸다 늘였다. 무수하게 많은 신호가 도착했지만 아둔한 우리의 언어로는 해석하지 못한다면 신호들은 퇴화할까 진화할까. 접촉 불가능한 차원에서만 부유하는 거라면. 정서를 일그러뜨리고 감성까지 파헤쳐 준비 안 된 언어를 발화시키려다 시작되는 속쓰림. 질병 같은 신호가, 변이 같은 문장이.

오른 가슴은 어머니로 가득하다. 하루도 쉬지 않고 고물상에서 폐지를 분리하고 무게를 달아 십 원짜리까지 계산해 값을 치러 주느라 화장실 갈 시간도 없어 장이 눌어붙어 버린. 수술을 마치고 다시 고물상으로 들어간. 정읍에서 열 살 무렵부터 집안일을 돕다가 시집와서도 논이며 밭이며 가축까지 뭐하나 빠지는 게 없는 시골 일 닥치는 대로 부서지도록 했으면서 고향 정리하고 의정부에 올라와 막내아들 고물상에서 마저 부서져 가는 손목이, 어깨가, 무릎이, 허리가 시큰시큰하다. 계속 뒤가 마려워.

아버지 말없이 가슴 왼쪽에. 수많은 별빛만 펼쳐진 우주 저편처럼. 어떤 공산품도 손만 닿으면 남김없이 해체하는 분해 기술자. 고물상 안쪽에 쭈그려 앉아 드라이버, 펜치, 망치로 당기고 벌리고 두드리면 조립 순서쯤. 시간이라는 거 조립은 분해의 역순이 아닌가 보다. 전국 우시장을 뒷마당 드나들 듯 흥정하고 트럭에 싣고 태풍에 표류하다가 깡패에게 둘러싸이고 강도가 내민 칼을 움켜쥐고도 소 발굽처럼 묵묵했던. 오랜 당뇨에 이도 거의 빠지고 귀가 어둑어둑. 어느 날 우주 저편이 되어 버린 남자.

아내는 왼쪽으로 웅크려 자고 아이들은 아무 데나 파고든다

딱 반으로 접으면 데칼코마니 뭔가 맞아떨어질 것도 같은데

인간이 만든 것 외엔 어쩐지 좌우가 같은 게 하나도 없다

지금은 가벼운 시대

아내 이름과 함께
수술이 시작된다는 문자가 왔다
겨우 벚꽃이 핀 것 같았지만
날릴 때는 흐드러졌다

얼마나 느리게 움직이면
끝나는 시각에 맞춰 도착할 수 있을까
사거리에서 굴러다니던 비닐봉지가
도로 위를 반시계 방향으로 맴돈다

거짓말처럼 전염병이 돌았고
사람들은 거짓말이 되지 않으려고
'나'를 수식하느라 안간힘을 썼다
나머지는 그저 수단에 불과하다며

집 안에서 좋았던 기억을 되감으면
통증 있던 자리마다 부어오르는 듯
사랑이 꼬박꼬박 눈뜨고 잠들 때까지
삼시 세끼 참견과 간섭으로
어제와 오늘마저 구분하지 못해

독성 물질을 뿜어 대느라 들끓었다

과밀한 인류에게 보내는 건강검진 결과서일까
재개발 정비 구역 강제 퇴거 명령서일까
전염병 때문에 인류의 미래는 앞당겨질 것이다

칼칼한 김치찌개와 두꺼운 계란말이
칼집 낸 목살구이에 두부된장찌개
떡볶이와 순대처럼 짜장면과 짬뽕처럼
다르지만 맛을 냈고 시간 가는 줄 모르고 섞여 들어
맛있고 따뜻하고 그러다 서로 든든해졌는데

어쩌다가 패러다임이 '나'로 바뀌었을까
이것은 시에 관한 이야기이기도 하고
일 인분 배달과 식탁에 관한 이야기다
아무 말 없이 밥도 먹을 수 있고
하루를 보낼 수 있는 능력이 생겼다

걷어차인 음식물 쓰레기봉투처럼
언제까지 흐트러져 있을 건가

나라를 빼앗긴 듯한 표정 위로
썩어 문드러진 냄새가 새 나올 때
아내가 자궁에서 여섯 개의 혹을 떼어 내고
네 개의 줄을 꽂고 병실로 돌아왔다

시 따위 패러다임이 바뀌거나 말거나
마취가 풀리고 통증 때문에 끙끙거리는 아내에게
아무런 반응도 하지 못했다
수술비와 입원비 뒤로
흔적만 남기고 통장을 떠나는 각종 대금

가벼워지는 거 어렵지 않다
누가 됐든 결국 혼자 떠날 것이고
시는 불평불만 따위에 대해
자연이나 감성의 이치에 대해
종알종알 읊조리고 있을 테니

'우리'라는 말
보호자 서명이 필요할 때나 잠깐
창가에서 오래된 먼지처럼 풀썩거렸다

제3부

고독한 신년사

새해가 도착했다

급하게 계단을 오르다가
탁 던지고 간 택배 상자처럼
1월 1일도 모서리가 터져 있을까

시간도 덩그러니 놓여 있다가
조심스럽게 뜯어볼 수 있다면
느린 그림으로 '다시 보기' 할 수 있다면

—친애하는 여러분

매번 비슷한 희망 같은 걸 궁굴려
골목 너머 떠오르는 해를, 떠나가는 해를
떠올려 보지만 12월까지도 달라진 게 없었다

한 번도 정기적으로 급여를 받아 본 적이 없어서
긴급고용안정지원금 홈페이지에 접속하다가
그는 자신의 분류가 특수고용직이란 걸 알았다

—여러분 어떤가요

뜻밖의 여행을 좋아하거나 외로움을 좋아하거나
뜻밖의 안녕을, 뜻밖의 증오를, 모욕을, 죽음을
어떤 말은 간혹 입안에서 뭉개지고야 마는 걸까

모로 누운 자리 옆
한 번도 본 적 없는 오래된 동물의 사체처럼
말라붙은 적요가 바스러지고 있다

팔짱을 끼고 어깨를 기대며 눈을 맞추던 곁
두루뭉술 뭉개고 파고들어도 어색하지 않은 곁
잃어버렸다

—미안해요 여러분

잊어버렸다 잘 잊었다고 생각했는데

초임 형사가 설명한 살해 현장과 피해자 상태만으로
강력반 형사들은 하나같이 비슷한 반응을 보인다는데

기억 속 현장과 기억 소환 방법은 각자 다를 테지만
구역질해 대며 조각난 모서리를 이어 붙여 준다고 한다

마음이 발견하거나 몸이 반응하는 걸
단번에 끌 수 있는 스위치라도 있다면
기억을 다루는 일이 조금이나마 쉬워질까

—여러분 고마워요

친 적 없는 울타리가 생겨서
의심과 혐오가 이끼처럼 자라서
혼자가 혼자를 복제하고 증식한다면
우린 아마도 기억상실처럼 떠오르질 않아
서로에게 눈만 끔벅거릴지도 모르겠다

—어쩌면 살아야……

1.4 후퇴 이후에

"다음에 내려. 다음에."라고
손가락질에 커다랗게 입 모양도 만들었지만
남편은 그게 마지막이었다

출근길 북적거리는 지하철
사람들 내리자마자 올랐는데
아내는 타지 못하고 문이 닫혔다

젠장 맞을 놈의 지하철 유도리 없이
개찰구로 달려가 소리소리 따질 수도 없고
어디다 대고 하소연을 하나

하루가 다르게 어째 걸음이 모자라
아직은 그렇게 못 쓸 정도는 아닌데
짱짱하니 일 다니는 노인네들 많기만 한데

출근하느라 전화기 보느라 바쁜 사람들
흐리멍덩한 눈빛으로 무얼 그리 들여다보는지
분명히 다음 역이라고 했는데

이제 어디로 가야 하나
아내는 놓친 손에 교통카드만 꼭 쥐고
고장 난 전광판 아래서 두리번거렸다

아무나 붙잡고 박 아무개 씨 아느냐고
거시기 그러니까 집 주소가 어디였더라
전화번호도 당최 아무것도 생각이 안 나

이봐요 아저씨 나 어디로 가요

슬금슬금 멀어지는
쏟아지고 밀어 대는

검붉은 도미노

언덕을 오른다
적벽돌 다세대 연립
오래된 놀이터

재개발구역으로 확정되고 빈집이 늘자
골목에는 세간살이 토사물 똥까지 쌓이고
구더기 날벌레 길고양이 몰려다녔다

한창 경기가 좋은 때였던가
산 중턱까지 먹줄을 걸고 공구리 치며
골목마다 하루가 다르게 집을 올리던

옥탑까지 벽돌을 져 올리고 난간에 걸터앉아
저렇게 많은 집들 중에 집 하나가 나를 내려본다
흥얼거렸지 언젠가 제기랄 집

툭 치면 줄줄이 쓰러져 버릴 것만 같은 골목
갈라지고 으깨진 틈마다 곰팡이 슬러지 들어찬
도시는 녹이 슨 것들을 기다려 주지 않는다

철근 콘크리트 구부리고 박살 내는 굴착기
무너지는 것들은 원래를 기억하려 애쓰는지
매캐한 먼지만 일으킨다 어지럽게 촘촘하게

좀먹은 벽지, 구부러진 받침대, 내려앉은 문짝
너덜너덜해진 방수포와 으깨진 하수구 사이로
푸석푸석한 그림자들 여전히 언덕을 오른다

저쪽이 검붉다
부서진 놀이터 철조망 울타리
어느새 기운다

•저렇게 많은 집들 중에 집 하나가 나를 내려본다: 유심초, 「어디서 무엇이 되어 다시 만나리」 부분 개사.

우리 동네 마트에서 남자

할증 택시를 탄 기억이 나는데
골목 어귀에 내려 옷깃을 졸음을 세우며 걷다가
우리 동네 마트에서 기어 나오는 남자를

셔터가 없고 이것저것 쌓아 둔 게 많아서
두꺼운 천막 천을 닫고 자물쇠를 채우는 것도 봤는데
순식간이라 눈이 흐린가 아직 꿈인가

컵라면 같은 걸 대여섯 개 쌓아 들고
천막 밑에서 바퀴벌레 모양 후다닥 비집고
분명 나와 눈이 마주쳤는데 화들짝 골목으로
전염병에 새벽 나다니는 사람마저 없어서
을씨년스런 우리 동네 마트에서 남자가 기어

대부분 용의자는 면식범일 가능성이 크다는데
카페에 노트북을 두고 화장실에 가도 괜찮은 나라에서
마트 천막 아래 흐르듯 빠져나온 남자는 다음 골목
더벅머리 같은 그림자만 남긴 채 사라져 버렸다

언제 사람이 드문지 CCTV와 거리는 얼마나 먼지

치밀하게 준비했을까 아니면 배고픔이 불쑥 욱여넣은 걸까
하필 택시에서 내리자마자 마주칠 게 뭔가
컵라면 몇 개 사라진다고 마트가 없어지는 건 아니겠지만

못 본 척해야 하나 신고라도 해야 하나
컵라면에 뜨거운 물을 붓고 기다리는 몇 분 생각에
주위를 살피다가 절도를 조용히 방조하고 말았다

녹슨 연주자

살포시 입술을 떼고 웃는 듯
어둠을 벌리고 바람을 불어넣어

안개인지 먼지인지 알 수 없는
잔뜩 녹이 슨 철판 같은 밤

호— 불 켜진 건물들 사이로
후— 야근하는 책상 너머로
나를 불어넣을 수 있다면, 남은 시간을

더 낮은음으로 가라앉고 가라앉아서
어둠마저 모두 평등해질 밤이 찾아올 거야
소름 돋은 맨살처럼 어루만지며 훗. 훗. 훗.

사랑이란 거
지저분한 공원 벤치에 앉아
오래도록 꽉 껴안은 연인이었을까
삭아 엉겨 붙은 철조망이었을까

숨 들이켜, 홀로

다리 아래, 홀로
속이 빵빵해질 때까지
뭘 채울 수 있으려나

재즈에서 호 빗나간 음이란 건 없다
다만 흡 인생에는 삑사리가 난무할 뿐

차오르는 고독 위로 날벌레가 모여드는 일
어디선가 죽음 이후의 냄새가 새 나오기 때문

손가락으로 틀어막으며 색소폰 연주는 시작되지
사내는 녹슨 철사 같은 몸을 구부리며 바람을 민다

오롯이 나를 불어넣어 세계를 이어 붙이는
아무도 듣는 이 없는 다리 아래 멋들어지게

줄곧 혼자인 음만 불어제치는 사내의 정수리가
자동차 불빛에 언뜻언뜻 반짝거렸다

구운 달걀 18

신축 공사장 옥상까지 기웃거려도 보고
지우지 못한 이름 옆 통화를 겨우 눌러도 보고
떠돌며 떠돌다가 또 돌아 행복고시원

구걸 같은 거 본 적은 있지만

튀밥처럼 쏟아지는 벚꽃을 밟다가
하루 벌어 이틀 먹고 사흘 나흘까지 먹고
월세는 뭐로

날이 풀리면 일자리도 풀릴 줄만 알았는데
바이러스가 퍼지고 마스크가 번지고

괜찮을까

어머니가 끓여 주시던 쑥이었나 달래였나 그 된장국
어디선가 나물을 무치는지 국수를 비비는지 습 참기름
사이로 스미듯 흘러 다닐 수 있다면
배인 냄새처럼 머물 수 있다면

잠시나마

철거하는 굴착기 코어 드릴, 이삿짐을 밀어 올리는 사다리차, 콘크리트 타설 중인 레미콘, 인부들이 바쁘게 올라타는 봉고차, 철근, 삽, 망치, 빠루, 쇠손, 벽돌, 타일, 아스팔트, 각목, 철사, 먹줄, 정, 못, 끌, 자, 소리를 가진 단단한 것들 뭐든

거기 어디쯤

사내는 짬뽕을 선택했다
두 주일 만에 하는 제대로 된 식사
담당 형사는 너무 배가 고팠다는 진술에
먹고 싶은 게 뭔지 물었다

허겁지겁

월세가 없어 고시원을 떠났던 사내는
열흘 동안 떠돌다가 물로 때우다가 삼백 원짜리
선풍기 옆에 놓인 구운 달걀을 떠올렸다

불편한 몸이지만 재빠르게

CCTV

체포되기 전까지 18은
일주일 동안 몇으로 나누어졌을까
그리고 몇 개가 남았을까

배시시

오거리 피시방 앞 좌판
쪼그라든 감 껍질처럼

의자에 앉아 다리를 꼬고
바지 주머니에 두 손 꽂은 채
고개가 떨어질까 봐
어깨와 빗장뼈 사이에 걸치고

잠든

바나나 사천 원
단감 한 줄 오천 원
사과 8개 만 원

몇 번을 불러도 깨워도 펴지지 않는 등허리
어쩌자고 노점을 펴놓고 말라비틀어져 있을까

츄릅

흐르던 침을 닦아 바지춤에 쓱 문지르더니

네에 달으요 달어 마시써 한 번 에? 잡솨 봐
불쑥 깎아 놓은 감 한쪽을 집어 내민다

저 손

가래가 눌어붙은 기관지
빗겨 나간 라디오 주파수
귓등에 부러진 담배 한 개비
쉰내와 술내 솔래솔래

찌든

좌판을 벌이고 과일을 차곡차곡 쌓은 후
까매진 바나나 같은 사내마저 의자에 진열한 걸까

아니라면 상자를 뜯어 쓴 손글씨는 어쩜 저리 반듯한가
누군가 여기를 지켜보는 게 아니라면

저 색

몇 번씩이나 헤어진 적이 있다
다시 만날 수 없는 경우가 대부분이었지만

배시시 까만 비닐봉지에
사과를 하나 더 담아 준다

삼월과 눈

사박사박 찾아오는
발소리가 듣고 싶었네

나를 알고 뭐라도 주고받은 사람은
대개 구석이나 모퉁이에 살아

여러 번 이사했지만
갈 때마다 하나같이 서툴고 지저분하게
발자국만 남기고 나오는 걸까

느닷없이 당신이 떠나고
커다란 쓰레기봉투에 마구 쑤셔 넣은 것들

대체 어디서 떨어져 나온 건지 모를
부스러기들 모여드네 끼어드네

월요일부터 목요일까진 아프지 않았지
슬프지도 않았네

맛있는 음식 찾아다니며 모조리 먹어 댔지

지쳐 쓰러져 잠이 들 때까지 일만 했네
눈이 오다 말다 오다 말았지

심장 가까운 뼈에 뾰족한
종유석 같은 게 자라는 것 같았네
내가 나를 찌를까 봐
날카로운 것들은 애써 피했는데

달 크기만큼 속이 쓰려서
외로움이 공전 때문이라는 결론을 내렸지만
같은 자전주기와 공전주기 때문에
계속 한쪽 면만 아팠네

변기 물을 내리고 물이 차오르는 동안
앓는 소리를 내도 될 것 같아 그랬지

마음이란 게 떨어져 내려
하얗게 날리고 쌓이진 않았네

미안해 고맙다

거시기…… 미안허다 나가 미안허다고
나가 다 미안해야 여그 안거서 보드랍게 시작허자고
비님도 오고 맘이 울적히서 어찌야 쓰까
이 좆같은 놈 비위 맞춰 줄라고 니가 고생이 많다이
더 강해지야 허냐 깡깡허고 쎈 놈만 남는 게 이치여?
갈 디도 읎고 불러 주는 디도 읎어서
쐬주 한잔헌다는 것이 여까정 와 버렸네이
친구야 진짜 미안허다 사장도 부장도 다 떠나고 혼자
진짜 딱 한잔만 허고 들어갈라고 혔는디 니기미
니 생각이 나서 식구덜은 다 자지? 잘히라
걷다 봉께 이라고 생이 꽉 뭐시 언친 거 맹키로
숨이 안 쉬어져 나 겁나게 취헌 거 같냐?
전두환이는 골프 치고 코스 요리에 와인 마시드만 기냥 뒤졌어
사과도 읎이 세월은 가 불고 술 취헌 젊은 놈들이 멋도 몰르고
아리가또 험서 웃어제끼고 사요나라 인사허고 가드라
미안허다 오는 것이 아니었는디 이놈의 발모가지가
나 말을 들어묵들 안 해 나가 증말로 미안허다
쪼께만 이해혀 요새 술도 못 묵고 부랄에 땀나게 뛰댕

기다가

오랜만에 집에 드가는 길에 딱 한잔만 허자고 혔는디
마지막이라고 혔는디 그라고 다 가 버리믄 나는 어찌라고
잡것들 홀애비 라면 봉지 트는 소리 허고 자빠졌네이
농담이라고 던져 놓고 갑제기 훅 허니 가 버리믄
가는 놈은 뭐슬 알겄어 가믄 그만이지
남은 놈덜끼리 감 나네 배 나네 떠들어 대다가
멕살이라도 잡어야 직성이 풀렸응께 미안허다
그때 나가 그라고 가는 것이 아니었는디 너한티
니가 뭐시 잘났냐고 삿대질까지 헐 필요는 읎었는디
고것은 나뭇가지가 나뭇가지를 부러뜨리는 일이잖어
늘 가까이 푸르다가 붉다가 이파리 떨구는디 안 그냐?
서로 끝까정 버텨 주던 시절도 있었잖어
그리도 너라도 받아 중께 참새 방앗간 못 지나치고 온 것
이다이
미안혀 나가 다 미안허다고 이 쓰볼 놈아
아따 나가 진짜 취힜는갑따 미안해 너는 말이여
둘도 읎는 친구여 친구랑께 고맙다이 으디라도 가서
나가 니 자랑 겁나게 혀 주댕이 허벌나게 푼다이
요새는 으디 가도 못해 혼자 집이서 뭣허겄냐?

같이 한잔 찌끄릴 사람도 곁이 읎는디
태극기랑 성조기 나란히 들고 쏴대는 목소리 있잖어
그 속이 을매나 공허허고 외로움으로 쩔었는지 너는 알잖어
민주주의가 좋다이 저 지랄 옘병을 히도
잡어 가는 경찰 하나 읎잖어 보드라운 거 생각나야
인생 뭐 하나 쉬운 것이 읎고만
아파 누웠을 때 잡어 주던 손
쓸데읎이 심을 주지 않는 것맹키로
자존심 땜시 강헌 척 허느라 두려워허덜 말고
보드라운 손길로 어깨라도 한번 감싸 주믄 좋았을 것을
미안허다 나가 조만간 지대로 한번 쏘께
뭐 묵고 잪은 거 있냐? 거시기 한번 묵으까?
으찌냐? 이?

일렁거리다

그 사람 물
무척 무서워했네

어떤 어둠은 가늠키 어려운 깊이 때문에
저것이 매혹인지 망각인지 분간할 수 없어서
곁에서 붙잡아 주지 않으면 빨려 들기도 한다는데

여기 없네
그 사람

사라지려거든
흔적도 없이
사그라지려거든
몸서리치도록
물
아니길

바람 몹시 불어 파도 쉴 새 없이
무얼 그리 지우고 싶은지 비우고 싶은지
물결은 물결이 아니고 물길도 물길이 아니네

그 사람

얼마나
차가웠을까
물
물이
가득한 물

왜

눈물의 냄새를 맡고 죽음은 모여드는가
커다란 절망의 떼를 삼키려고 죽음은 솟구치는가

수면
아래
언뜻
그 사람
일렁거리네

저기 가네

나도 따라
물이 되어

일렁
    일렁

창궐기 1

잘 오지 않던 눈이 내렸다
아이들은 당연한 듯 눈사람을 굴리고
연인들은 의무적으로 눈싸움을 했다
두려움이 공포를 낳고 있을 때였다
두려움이 혐오를 낳고 있을 때였다
내리는 눈으로 윤곽이 불분명해지자
신호를 무시하고 사거리마다 꼬리물기가 계속됐다
마구잡이로 경적이 울리더니
화가 난 듯 화음이 되고 돌림노래로 떠돌았다
혐오가 조롱으로 거듭나는 순간이었다
조롱이 비난과 겁박으로 분열하는 순간이었다
플라나리아처럼 나뉘어도 나뉘어도
새로운 개체로 재생하는 그리 길지 않은 시간이었다
집에 있는 시간이 많다 보니
위층은 운동하느라 쿵쾅거리고
아래층은 노래방을 만들고 징장 징장
소음으로 경쟁하며 재미나는 한통속이었다
마스크로 가려져 도무지 화를 내는지 웃고 있는지
아픈 건지 우는 건지 알 수 없었다
알고 싶지도 않았다

하루가 일 년처럼 참호에서 웅크린

침을 삼키다가 사레가 들었다
참으면 참을수록 터져 나오는 기침처럼
괜찮아 조금만 더 참아

그렇지 않아도 한 일이 없는데
잦은 미세먼지에 전염병이 돌았다
위로가 심장 가까이 잘 스며들 수 있도록
기도 같은 걸 읊조렸다

배민커넥트 배달 콜을 기다리는데
터키와 인도에서 이메일 계정으로 접속을 시도했다는
경고 문자를 받았다 거기가 궁금했다

이름, 생년월일, 주소, 계좌번호 등을 떠올렸지만
그 외 생각나는 게 없어서
혼자만 알고 있던 비밀 내지는
비밀번호 적은 수첩을 조용히 뒤적거렸다

눈 흩날리는 저녁
남쪽으로 날아가는 새 떼를 본 것도 같아

넌지시 날개를 펴고 따라나서려고 했지만
간다고 말해 둘 사람이 없어서 발이 축축했다

종이 상자라도 덮어 주려고
골목을 두리번거리며 돌아다녔다
언덕 끝에서 파지 줍는 할머니와
파지 줍는 할머니가 서로를 발견하고 돌아섰다
멀어져 갔다

불안이 혐오를 낳고
혐오는 소문을 낳고
소문은 그냥 막 나갔다

입김만으로 빈방을 데울 수 없듯
당신을 그림자 뒤에 매어 둘 수 없듯
채워지지 않는 것들 틈에서
칼날 같은 바람이 핑 귀밑을 스쳤다

괜찮아, 겨울을 몰아붙이는 소란스러운 봄, 알잖아

속삭임도 혼잣말도 잔기침하듯 끓어올랐다
내가 나를 피해 일정한 거리를 두고 싶었지만
겨울잠이 끝날 것 같지 않았다

엊그제

벌써 20년도 더 됐다
그러게 엊그제 같은데

우리는 기억하고 싶지 않은 일은
지운다 애쓴다 그래야 산다

수정하거나 편집해서
구성이나 줄거리를 끼워 맞춘 후

좋았던 장면으로 변환하거나
위대한 업적인 양 허세를 떤다

사실 엊그제는 잘 기억나지 않는다
많은 날 가운데 하루였거나
지친 일상에서 더 지쳤거나
너무 지쳐 눕자마자 잠들었을지 모를

엊그제 같은
슬픔이나 아픔이 조금 덜해서인지

피부도 탱탱하고
눈가에 웃음도 많았던 사진 속

들여다보면 벌써 그렇게 됐나
엊그제 같은데

엊그제 같은
그 사람

그림자를 짓이겨 무릎에 발라 주었다

온종일 쉬지 않고 은행잎이 내렸다
도로에 터져 죽은 새처럼 바스러질 것 같아
택배 상자에 적힌 이름과 주소 위에다
검정 유성 매직펜을 덧칠하는 중이지만
그림자가 흘러내리도록 울 수 있다면

마음에 심장처럼 판막이 있다고 오해했다

한참 말문이 트이던 때 같았는데
엄마는 아궁이에서 연탄을 꺼내며 울었다
방이 한 칸, 부엌도 하나, 눈물은 두 개
연탄구멍은 너무나 많아
두꺼운 솜이불 아래 입김만 내민 채
엄마 눈에 달린 여러 개의 그림자를 세다가
잠이 들었고 겨울이 다 가 버렸다

투두둑 떨어져 내리는 고드름
언젠가 저토록 허망한 소리를 내며 떠날 텐데
쌀이 떨어지면 덩달아 연탄도 떨어져
어떻게 울음에서 소리만 걸러 내고 엄마는

삼십 촉 전등알처럼 깜박거렸을까

올이 풀려 버린 잠의 뜨개들
부르트도록 하얗게 일어난 거스러미들
그림자마저 무너뜨리고 파헤쳐서 도굴하는 굴착기
철로 위에서, 소스 배합기에서, 철제 코일 아래서
좁은 골목에서 믿을 수 없는 심폐소생술이 시도됐지만
대부분 돌아오지 못했고 아무도 책임지지 않았다

마음이 생각을 들어 올리는 지렛대라고 믿었던 것 같다

기억상실증이 오면 내가 누구인지 뭘 했는지
기억하지 못하면서 어떻게 숨은 잃어버리지 않을까
러시아는 우크라이나의 학교와 병원까지 폭격했고
핵미사일을 사용할 수 있다는 계획을 당차게 발표했다
신은 질문의 방향일 뿐

대답을 구하는 건 너의 그림자거나 나의 그림자
그림자 저편에 뭘 박아 대는지 관자놀이가 온종일 아팠다
심하게 넘어지며 바닥에 끌리고 쓸려서

마음이 잘 일어서지 못했다

제4부

13월

혼자여서 아프고
일이 없어서인지
느닷없이 콧물이 난다

지루한 12월 지나면
1월이 시작되어야 하는데
두꺼운 장갑인지 방한복인지

청춘은 마음속 노예인지 몰라
세월에는 속도제한이 없나

13월의 월급 따위
지속해서 낸 세금이 없으니
돌려받을 게 있을까

자다 깨면 겨우 일으키면
속이 쩍쩍 갈라 터진 보일러 같다
얼어붙은 살을 내주고
겨우 뼈를 취한다

참을수록 더 흐르는 것들
얼까 봐 쪼금 틀어 놓은 수도처럼
12월이 졸 졸 졸

1월이 지나면
먼 데서도 청첩장이 오고
누군가 돌아가시기도 하는데

정지선 앞으로
배달 오토바이들이 모여든다
머리부터 발끝까지 두껍다

13, 14, 15, 16, 17, ……
뭔가를 세는 일이 새 나가는 일 같지만
마스크를 쓰면 코와 입은 따뜻해져

한 번도 만나 본 적 없는
불투명한 달을 살고 있다
살아 내려고 악쓰고 있다

헬멧을 벗어 놓고 컵라면을 먹는
남자의 뒤편이 초승달처럼
희끄무레하다

비들이치는창가에팝송대백과

비맞은흘러내리는듯음식물쓰레기봉투
어쩌다가비에젖은팝송대백과어쩌자고

버려진합판아래젖어웅크린새끼고양이
의심으로터질것같은젖은눈아마도그것

술에취해잠든스포츠채널음소거된애인
해설없이자막없이도축구는볼수있지만
시는그렇지않아아무튼시는그런게아냐

뚜껑열린립스틱아무렇게나구겨진쓰러진캔맥주들
구역질가족같은시상위로비가내린다종알종알종일

수챗구멍에모여든모여드는담배꽁초시인들
빗방울굴절된가로등눈부시지만아프지않은
시를제발시발제시……시인척시인인척인시

자전거장바구니에걸쳐진채비를맞는살구색삼각팬티
몸은어디에다버려두고껍질만적시며밤을만끽하는가

새끼고양이울음어둠속을떠다니다빗물에씻겨흐를수있을까
부모를잊고잃고개호로자식이되어버린시보무도당당한혈통

될것같은개젓같은문장들을모아복사와붙여넣기를반복
그렇게번역된가사는아름다웠지팝송대백과가사집같은

피땀한방울적시지않은시를노려보고있자니
조금씩빗물에쓸려밤새흘러사라질수있다면

팝송대백과가사집에겐미안하지만
덜시시해질까더더욱시답잖을까

기차는 석양을 꺾으며 달리네

기차는 빨라진다
얼마나 빨려 들까

투명한 방음벽 아래
부러진 참새들의 날개

장례식장을 검색하는데 다른 부고가 왔다
순식간에 명복을 비는 댓글이 차올랐고
숨이 막혔다 얼어붙지 않도록 조금 숨을 재촉했다

새들의 영혼은 무엇이 데려다주려나

터널이 시작되자 긴 침을 삼켰지만
단 한 줄의 소음으로 귀와 귀 사이가 뚫리더니
참새들이 낮고 빠르게 멈췄다가 또 사라졌다

어느 날 저런 모양으로 떠날 수 있다면

커다란 울음 같은 게 떠도는 듯했으나
기차의 굉음 속으로 빨려 들어가 묵음이 되었다

갓 태어난 아기와 진땀 흘린 산모의 사진이
단체 채팅방에 올라왔고 축복과 찬사가 솟아났다
기원을 담은 몇 개의 문장을 찾아보다가

음식물 쓰레기통에 버려진 아기와
온몸에 멍이 든 채 숨이 멎었다는 아기와
울어서 떨어뜨렸다는 아기와
빈집에 숲속에 눈길에 버려진 아기와
엄마와 아빠를 머릿속에서 지우느라

어쩌면 여기는 진짜가 아닐지도 몰라

가볍게 다독일수록 뭔가 잃어버린 사람처럼
주머니를 뒤지고 가방을 털며 의자 틈새까지 들춰도
숨 막혔던 사랑 몇 번, 의식을 잃었던 이별 몇 번

제 속도 때문에 목이 꺾인 참새들
덮어 줄 걸 찾았지만 가진 게 껍데기뿐이었다
석양은 꺾여도 여전히 아름다웠지만

냄새나 감촉의 조각들만 남아 떠돌다가 헤매다가
목줄을 매어 놓은 설움 하나가 발치에서 졸랑졸랑
오늘은 다 잃은 노름판 같았고 개평 따윈 없다

색이 빠지고 표면이 곱게 들뜬 햇살이
터널이 끝나자 빗겨 박힌 녹슨 못처럼
부리와 대가리만 남은 새의 주검처럼
지구의 오래된 기울기를 가늠했다

바람이 스칠 때마다 희끈거렸고
만지작거리던 수염이 쉽게 빠졌다
너무 희다

브리콜라주

문장을 배웠다네
수렵과 채집이 끝나도록

어떤 신은 한없이 위대하기만 하고
아픔이 밀집한 골목으로는 다니지 않네

아홉 살 남자아이는 의붓엄마가 밀어 넣은 여행 가방에 들어갔다가 나오지 못했다. 거짓말을 했다는 이유로 갇혀 있다가 의식을 잃은 채 발견된 아이는 머리를 다친 적이 있고 눈과 팔에도 멍이 들어…… 머리에 깨진 자국이 있고 멍투성이에다 맨발인 열한 살 소녀는 동네 주민이 편의점에 데리고 가자마자 도시락을 고르고 허겁지겁 먹어 댔다. 표정을 잃어버린 아이 경계만 담긴 눈.

찢어 죽여야 해 저런 것들은
당장이라도 찢어 버릴 것처럼 씰룩이던 어머니의 입술이 떠올랐다
계절이 바뀔 때마다 피곤이 몰리면 붉은 꽃이 피던 입술

어떤 시인은 시작 메모를 잘 이어 붙여 시 한 편을 완성

하네

술자리가 끝나고 여기저기 널브러진 자취방 같네 토하고 뭉갠

당신 곁을 지나면서도
내 걸음이 지나친 것들
방관하고 은폐했던 문장들

말을 배우면 배울수록 진심을 담으면 담을수록
손짓 발짓이 더 늘어 가는 이유

일곱 시간 동안 닫힌 여행 가방 속에는
어떤 패악이 깃들어 있을까 길들었을까
인간이 어쩌면 인간일 거라는 확신?
쇠사슬 목줄, 쇠파이프, 나무 막대기, 프라이팬
소녀의 문장에는 접촉 빈도가 높은 순으로
놀잇감처럼 나열되었다

무얼 그릴까 복사와 재생산
동굴벽화나 스마트폰이나

인간의 전달 의지가 담긴 건 같네

스르르익숙해지면고통또한삶의일부처럼받아들이지
이악물고버티지않아도허물어진날들심장같은건없어
혹은너무크거나딱딱해져서장남감처럼심하게부서져
깊이박혀버린아슬아슬한죽음혹은어둠혹은지움혹은

네가 시를 쓰듯 시를 읽는 밤들

세계 2차 대전 중에 영국은 나치의 암호 에니그마를 풀었지만
들키지 않으려고 전쟁에서 이길 만큼만 폭격을 허용해야 했다

빛깔 옷을 입은 문장들이 달빛을 받아 살짝 빛난다
왁자지껄 아는 체를 하며 어떤 섭리 같은 걸 꿨나

목구멍 깊게 긁어 올려 재떨이에 흘려 뱉은 가래처럼
색은 다르지만 내장까지 속이 비치는 대략 시적인 말들

뜯어 붙인 얼굴처럼 참신할 뻔했는데 눈동자는 의심스러워
대체 무얼 보고 있는 거지 발 없는 문장들 천 리를 헤맨다

지겨워 작가의 작품 설명 같은 밤 지루해 약삭빠른 실루엣
아름다운 말들은 어쩌다 저기까지 끌려 들어가 결박되었나

적의 심장을 잘라 먹으면 용기가 전이된다고 믿던 부족
하지만 위대한 용기는 총 몇 자루와 총알구멍만으로도

자연인 듯 인생인 듯 갈아 넣어 실마리를 잡아당기면
바람결에 실려 오는 어떤 향기 같은 게 사로잡을 거란 기대

네가 외로운 너를 위해 젖꼭지를 쓰다듬으며 위로하듯
고요한 밤 생각에 박힌 밤 기워 넣은 주옥같은 것들

요즘 누가 양말 따위를 기워 신나 시를 기워 쓴다면 모를까

추상의 심지에 불을 붙이고 그을음 나는 대로 받아 적는 관념
모던한 공감과 조회수 높은 소재로 마감 처리한 새집증후군

서로 떠밀 듯 떠나간 누구도 돌아오지 못하고 연민에 빠져

새로운 용어와 이론으로 가족 같은 잔치가 펼쳐질 테니

네가 시를 쓰듯 시를 읽는 밤은 그럴듯한 문장인지
엉킨 머리카락인지 수챗구멍처럼 입안에서 항문까지 답답하다

어떤 어둠

자박자박 속삭임이 들리는 듯 조그만 어둠은

투명에 가깝게 방충망에서 말라붙은 호랑거미

긴 밤을 지새우며 달빛 들이치도록 열어 두는 것
어떤 문장도 드나들 수 있도록 여백을 마련하는 게
목적도 맥락도 없이 아무 문장이나 끌어오는 건 아닐텐데

골 깊은 유채화처럼 곰팡이로 편안해진 화장실 타일

당신과 커피도 마시고 안부도 묻지만
집에 데려가지 않는 것처럼
적절한 예의를 갖추려다 어설픈 극존칭을 쓰지만
진심 어린 충고는 하지 않는

어색한 관계를 들키지 않으려고 애쓰는 게 느껴질까 봐
한결 조심하는 사이인데 이걸 시로 쓰진 않는다

부스러기 떨어져 소복소복 쌓이는 계단 천장 페인트

조언이랍시고
"그걸 시로 한번 써 봐요."

쉽게 던질 거면 그래라
그럴듯한 시작 메모로 시작해
행 갈이와 연 갈이, 부호와 각주를 등에 업은
참 시적인 문장을 정성껏 짜깁기한 시집
(위로 눈이 멀 정도로 강한 빛이 내려)

두려운 건 동어반복

반복이 방법이 되기도 한다
방법이 시가 되기도 하지만
어떤 섭리 같은 걸 깨우친 양
행과 연을 좌표처럼 잘 다독여 가며
경계가 불분명한 문장의 주인이 될 거라면
그래라

넷째와 다섯째 사이에서

셋째와 넷째 사이로 옮겨 간 발가락 무좀

방치된 지하 창고
찢긴 나무 합판 사이로
쿰쿰하게 새 나오는 곰팡이
모여드는 그리마와 노래기

언덕 위에서 밤의 피를 수혈받는 듯
네온 십자가 돌아보면 또 십자가
전 세계가 정전되어도 비상등처럼 남아 있을
여기도 저기도 붉은

커다란 십자가 확고한 사이비
맹목적인 문장으로 붉게 빛나는

그것들의 뿌리는 너무 깊어서 가지가 찢겨
엉덩방아를 찧을 정도로 잘 뽑히지 않는다

지우고 싶은 것들의 자기 복제
영혼에 불시착한 미확인비행문체

낙하산 매는 법

힘차게 달려 뛰어내리는 꿈

쫓기듯 모퉁이를 돌아 언덕을 오르다가
통째로 빠져 버린 방충망처럼 튕겨 나간다

시간은 공간의 연 속이라 했는데
골목을 빠져나가지 못하면 어…… 쩌…… 지

부질없는 날~~~~~~~~~~ 갯~~~~~~~~~~ 짓

아버지는 아버지의 아버지가 돌아가시자 열다섯부터 장사꾼을 따라다녔다 아버지가 되고 또 아버지가 되고 다시 아버지가 되고 몇 번이나 할아버지가 되었지만 일흔다섯이 넘어서도 고물상에서 밥통을 분리하고 전선 피복을 벗기고 있다

떨어지는 나를
내가 보고 있다

골목이 사라지고 아파트가 아파트를 넘어서도

사람들의 피부에는 그늘인지 분노인지
가늠하기 어려운 창백이

다이달로스의 미로처럼

노르망디 상륙작전을 앞두고 연합군 공수부대는 지상에서 낙하 훈련만 마치고 병사들을 비행기에 태웠다 시간이 부족했을 뿐만 아니라 첫 번째 낙하 생존율이 80%인데 비해 두 번째부터는 생존율이 턱없이 낮았기 때문이었다

당신에게서 떨어져 내릴 때 지워지지 않는 그 시간을 지우려
애꿎은 공간만 갈아 치우던 그것도 모자라 바닥에 붙어 지내던
멈
춤

개나 고양이와 함께 사는 건
관계를 줄이고 피로에서 벗어나려는 것
반증하자면 털과 변을 견디는 편

당신 눈동자에서 눈썹으로
콧방울에서 입술로
턱선을 따라 어깨를 지나며
나의 기억은 끊//////////////////겼//////

측은한 마음이었을까
떨어지는 나를
내가 따라잡으려 할 때

육 개월 동안 아무 일도 하지 못했다

바닥에 도착할 때가 된 것도 같은데

반복된다면 시간보다 빨라지다가
조용히 증발할 것 같다
놀라운 중력가속도

당신이 아팠을 때 아파서 앓는 소리조차 겨우 새 나올 때
몹시 배가 고팠던 나는 당신의 식사가 나오기만 기다렸다

아래가 보이지 않아
떨어질 자리에
아무도 없기를

12시

지상에 마지막 남은 듯 깜박이는 책상 등 불빛. 하나, 둘, 셋, 넷, 다섯, 여섯 번째 고양이 울음인지 웃음인지. 누군가 꽥 소리 지르며 달려가는지 날아가는지. 12시는 멈춘 듯, 화가 난 듯. 코를 고는 소리, 문 닫는 소리, 녹슨 경첩 소리, 세탁기 도는 소리, 미세한 신음, 샤워하는 소리, 이 가는 소리, 위층일까 아래층일까. 후진하는 트럭을 위해 베토벤은 「엘리제를 위하여」를 작곡한 건가. 배달인지 질주인지 모를 오토바이 소리. 뒤따라 달리는 오토바이 소리. 12시는 12월이라 추울 텐데. 꿈이길 바라지만 어느 날 어딘지 모를 바닥에서 눈을 떴는데 아무도 없고 보호 장구도 없이 바람만 12시처럼 휑하게 불면 어디로 가야 할까. 전화도 전기도 소용없는 12시. 하수구에나 있을 법한 어둠과 12시를 밝히기 위해 불을 피워야지. 먹이를 찾아 헤매는 누군가 있을지 몰라. 성냥 그런 게 아직 남아 있긴 하나. 아내도 아이들도 충전기에 꽂혀 있는 12시. 멀리서 변기에 나를 넣고 물 내리는 소리 같은 게 들린 것 같기도 한데. 그럴 리 없는 12시. 이토록 넓은 땅에 혼자 남았을 리 없어. 그런 꿈이라도 꿀까 봐 전래동화처럼 붉고 푸르게 상상도를 그리고 덕분에 불면은 현재진행형인지 몰라. 12시의 아버지, 다 쓴 주사기처럼 창백해. 기억나질 않아,

잘. 사진을 들춰 봐도 얼굴은 낯설고 감싸 쥐던 거친 손 감촉만. 따가운 수염. 눈물이 쏟아지는 12시. 거스러미처럼 혓바늘처럼 아린 12시. 손톱 밑 살이 벌어져 쓰라린 12월. 며칠 아무것도 않고 손가락만 고립시킨 채 놔두면 12시에 아문 살. 혼자 살 냄새를 맡으며 잠들기 기다리는 12시. 뭐라도 안을 게 필요한 12시. 이리저리 뒤척이다 보면 바로 눕는 것보다 모로 누워 당신을 안은 척 12시를 속이려 들지만, 하루를 잃어버린 것 같아 외면하면서 스르르 잠을 따라잡으려는 12시. 주위에 가득 찬 12시. 홀로 숨이 가빠지는 12시. 시가 되지 못한 12시. 식은땀 흐르는 12시. 가슴이 두 배 넘게 쿵쾅거리는 12시. 짓무른 12시. 갑자기 죽을 것 같은 공포가 온몸을 움켜쥐는 12시. 도무지 12시는 움직여지질 않아. 사실 무서운 건 귀신이 아니라 사람인데. 사라졌다고? 어디로? 인정할 수 없는 12시. 손에 잡히는 게 없다면 아무도 없는 거나 마찬가지. 12시, 당신은 지금 누구와 함께 있나요?

모두 알지만 나와 시집만 모르는 일

응 그래서?
라는 표정으로 잠깐 돌아다보고 말았다
지구에는 지나치게 사람들이 많았으므로

이것은 신호 대기 중에 무심코 차창 밖을 보다가
안전모도 쓰지 않은 오토바이 배달부와 눈이 마주쳐
황급히 딴 데를 보다가 뒤차 경적에
짜증이 나서 욕지거리가 나오는 것과는 다르다

어떤 지원 사업을 준비하느라
나름 주제를 잡고 복잡다단한 서류도 준비해서
대표자를 만났지만 이미 다른 사업에 선정돼서
가게 문을 나오며 손잡이에서 떨어지지 않는 손이
침을 뱉는 것처럼 보이는 것과도 다르다

며칠을 바래다주고 같이 밥도 먹다가
어느 날 선물까지 준비해 사랑을 고백했더니
넌 좋은 친구야 독실한 교회 오빠와 사귀고 있어 난
선물을 돌려주며 머리를 쓸어 넘기던 그녀와도 다르다

하필 길가에 떨어진 휴대전화를 주워
주인을 찾아 주려고 다른 연락처로 전화를 걸어
사정을 설명하고 어떻게 주인과 연락이 닿았지만
통화 내내 의심하는 말투를 지울 수가 없어
이걸 버려야 할지 돌려줘야 할지 고민하는 것과는 다르다

저기 다 좋은데 우리랑은 맞지 않는 것 같네요
다음에 더 좋은 기회에 만났으면 합니다 그럼
이럴 때 불쑥 코로 새어 나오는 웃음인지 한숨인지
다음도 없고 더 좋은 것도 없다는 걸 우린 이미 안다
앓는 소린지 한숨인지 알 수 없는, 갖고 싶지 않은
그것과는 다르다

비가 불합격처럼 오는 날 온종일 오는 날
어차피 젖을 거 바닥까지 뚫린 슬리퍼를 신고
촉촉한 걸음으로 편의점에서 소주와 담배를 사고 나오다
잘못 밟은 개똥이 발가락 사이로 솟아오르는 것과도 다르다

너무 오랜만에 시집을 내서 부끄럽기도 했는데
고개도 돌리지 않고 응 그랬대라는 표정으로
끝난 것 같아 욕이라도 해야 할지 몸부림이라도 쳐야 할지
모르겠는데 그것마저도 아무도 모르는 것 같아 어지러워
이 나라엔 지나치게 시인들이 많았으므로

어느 날, 잠을

어느 날 잠이 깨지 않을 것 같아 잠으로부터 달아나기 위해 달려 보았지만, 제 꼬리를 물기 위해 맴도는 강아지와 장판에 미끄러지는 발톱 소리는 구슬퍼.

어떤 여인과 나누고 있던 사랑을 벗어던지고 아침으로 돌아가야만 하는데, 도무지 잠은 얼마나 꿈을 곧추세우기 좋은 핑계란 말인가. 그럴듯한 사정이 있어야겠지만.

죽은 거라 여겼지. 이렇게 쓸 바엔 차라리 죽은 게 나은 거라고 스스로 위안도 하면서 잠을 즐기고 있었는지 몰라. 욕망을 잘라 내고 잠을 잔다는 거 위험하지.

아무리 잘라도 잘리지 않는 남자는 쉬운 문장처럼 솟구치고 있네. 잠에서 깨지 않기를 바라는 건 얻어걸리는 꿈을, 문장을 어떻게든 얻어다가 만들면 돼.

어디서 시작된 건지 모를 모욕과 배신으로부터 빠져나가기. 어처구니없는 게 삶이라면 시도 그런 거 아니겠어? 그럴싸한 문장과 잘 나누어진 문단을 이용하는 거야.

신화나 고전을 인용할수록 좋아. 주를 달면 해석은 알아서 다 알고 있었다는 듯 알고리즘이 따라붙을 테니 얼마나 편리한 체계가 아니냔 말이야. 너희 좋고 매춘부 좋은. 6이 9가 되어도 상관없어. 일곱이거나 스물넷이면 더 괜찮고.

그럼 잠을 이어 붙여 보자고, 시인이여. 길바닥에 아무렇게나 침을 뱉는 자가 모두 시인은 아니듯. 측은도 혐오도 없이 꿈속을 거닐어 춤을 추듯 문장을 쉴 새 없이 흔들어.

시에 그런 게 어디 있어? 무엇도 시가 될 수 있고 누구도 시인이 되는 호시절에 한 번도 네 것인 적 없는 시답잖은 삶 따위 벗어 버리고, 빠져나가는 날짜는 정확하면서 들어오는 날짜는 정처 없는 생활 같은 거 영수증처럼 쭉쭉 찢어 버리고.

긴 겨울잠에 들 수 있도록 미리 최대한 먹어 두는 거야. 시도 먹고 욕망도 먹고 지구도 삼킬 것처럼 달려들어 이 더러운 세계에서 최상위 포식자가 될 수 있기를.

입속에 또 다른 입을 감춘 꿈이 자랄 수 있게. 누구도 함부로 대하지 못하는 문장의 숙주가 되자. 당신의 꿈은 크고 나의 잠은 작다면 어쩜 며칠씩 먹힐 수 있을지도 모르니.

아무렴 잠조차 쪼그라들어 이러다가 시가 망하기라도 할까 봐 걱정이 태산이겠지만 화끈한 비난과 부드러운 경멸 앞에서도 꿈을 꿀 수 있게 쪽잠이라도 자자, 적어도 시라면.

저기요 환불이 된다면

"여보세요."

"저기 지난달에 시집 산 사람인데요."
"네."
"제가 낼모레 고시원 월세를 내야 해서……
저기, 그게 환불을 좀."

3번 출구 계단을 내려가는 동안
저 아래서 불규칙하게 서성이는 발걸음
궤적을 이해할 수 있는 관계는 아닌데

"안 되나요?"
"예? 아니……"

고시원과 월세
침수된 장롱 속 솜이불처럼 무거웠다

모자와 마스크 사이에서 퀭한 사내의 눈은
잘못 박힌 시멘트 못처럼 비스듬히 나를 보고 있다

"무슨 말씀인지 잘 모르겠네요.
어떤 문제가 있는 건가요?"

"저기요.
불편해서……"
뒷머리만 긁적인다

태풍이 지나면서 비가 종일 내렸다
정가 만 원을 돌려주고 시집을 받아들고
걷고 또 걸었다 혼잣말처럼

안전 안내 문자가 울렸고
슬픔 같은 게 뜯겨 뒤틀리는지
한참이나 두근거리고 답답했지만
아무것도 궁금하지 않았다

찢어진 삼단 우산을 쓰고
누군가 벤치에 앉아 울고 있었다

P를 추억

너를 끌어올리려 애를 썼지

침묵으로 가라앉은 눈빛을 주고받으며
더는 무거워지지 않으려고 지난겨울부터 우리는
이름이라고 우기며 사랑이라고 우기며

제자리걸음

초점이 맞지 않아 한참을 들여다보거나
눈을 비비면 눈알에서 삐걱삐걱 소리가 나

삐뚜름하게 흘겨보는 달

너무 피곤해 나도 모르게 잠든 것처럼
떠날 수 있다면 잠을 자는 듯
밀린 잠을 벌충이라도 하는 듯 낮고 푸르게

열기구를 타고

우리 집 위는 옥상인데 새벽마다 샤워하는 소리가 들려

집중이 지나치면 균열이 되고 그 틈에선 뭐든 살 수 있지

모든 걸 다 알 수는 없어

네가 아무 데서나 잠들어도 꼬옥 안아 들고
네 침대에 잘 눕히고 발이 시리지 않게 이불도

이천이십 년이 되면 고통도 죽음도
애프터서비스를 받을 수 있을 거라 믿었지

우리는 눈에 보이지 않는 공포로 얼굴을 가리고
띄엄띄엄 안부를 묻지 안도를 끼워 넣지

끌어 올리려고 애를 썼지
너는 우리의 슬픈 뒤꿈치를 들어 올려 주었지만

어쩔 수 없는 건
어쩔 수 없는 것

어느 날 아침의 일부가 되어 버린 너

긴 밤이 된 우리

해설

시가 말한 것과 말하지 않은 것

전병준(문학평론가)

1. 땀과 꿈

땀은 결코 거짓말을 하는 법이 없고, 꿈은 결코 현실에 안주하는 법이 없다. 땀이 오늘에 열심이었던 것의 증명이라면, 꿈은 좀 더 나은 내일이 있어야 함에 대한 근거이다. 땀을 굳세게 흘리는 만큼 오늘과는 다른 내일이 올 것이다. 다른 미래에 대한 꿈이 오늘을 살게 하고, 오늘의 땀을 흘리게 한다. 그러니 꿈이 진실한 만큼 땀도 진실할 수밖에 없는 것은 더 물을 필요조차 없다.

오늘의 땀은 나날의 노동에 대한 대가로, 아직은 비어 있는 행복을 준다. 비어 있으니 온전하다 할 수는 없지만 그럼에도 어떤 충만함을 준다는 점에서 행복의 필요조건을 준다고 할 수는 있다. 오늘 흘린 땀은 미래의 행복에 대한 약속이다. 그러나 땀을 흘리는 데 드는 노동은 강도나 속도만이 아니라 방향 또한 중요하다. 강도와 속도와 결합된 방향이 노동의 성격을 갈래짓고, 그 미래도 결정한다.

사력을 다해 오늘을 기록하는 이는 아직 보이지 않는 희망을 품은 이다. 저에게 남은 온 힘을 쏟아 곤경과 난처를 쓰는 이는, 필경 그 과정에서 간단치 않은 절망에 휩싸이겠지만 그럼에도 끝내 다하지 않을 용기를 발견한다. 고통과 절망을 기록하는 것은 쉽다고 할 수도 있지만, 그러나 그 과정에서 희망을 발견하는 것은 언제나 힘겨운 일이다. 누구나 희망에 대해 말하고 절망 속에서야 비로소 희망을 발견할 수 있다고 말하지만, 희망의 실체를 제대로 설정할 수 있는 이 누구인가. 우리는 다만 아직 오지 않은 희망을 노래하며 희망이 우리에게 도래하기를 간절히 기도할 수 있을 뿐이다.

우리보다 먼저 고통과 절망을 뼈아프게 경험하고 기록하며 희망의 간절함을 깨친 이가 있어 우리는 드물게나마 희망의 가능성을 확인한다. 희망은 아무에게나 오는 것이 아니라 희망을 간절히 원하고 찾는 이에게 온다. 오직 그런 이에게만 희망은 가장 누추한 외양을 한 채 나타난다. 허술하지만 고귀한 희망을 위해 그는 제 삶에 정성과 공경을 다했을 것이다. 아니 제 삶뿐 아니라 지금, 이곳의 생을 힘겹게 이어 가는 모든 이들의 삶에도 마음을 다했을 것이다. 보편적인 삶에 진심 어린 정성과 공경을 바치는 이는 삶을 단순히 수단으로서만이 아니라 그 자체로서 목적으로 대하는 이일 것이기 때문이다. 그리하여 그는 목적으로서의 삶이 지니는 가치와 의미를 기어코 우리에게 일러 준다.

서광일이 첫 시집 『뭔가 해명해야 할 것 같은 4번 출구』부터 이번 시집 『이파리처럼 하루하루 끝도 없이』에 이르기까지 줄기차게 해 온 일이 이와 같은 것이다. 그는 뒷골목에서 제 모습을 온전히 보이지 못한 채 제 일을 하는 이들의 삶에 관심을 기울였고, 그 삶의 세부를 기록하는 데 정성을 다했다. 하루하루의 일을 충실히 해내면서 내일이 어떻게 될지 두려워하는 계약노동자, 생계를 해결하기 위해 이국땅까지 찾은 이주노동자, 임신과 출산으로 생계가 막막해진 경력 단절 여성, 제 젊음과 성을 팔아야 오늘을 살 수 있는 소녀, 도시의 심층 혹은 기층을 이루는 고시원 생활자, 자식과 남편과 가족을 위해 제 삶을 희생한 아버지와 어머니와 아내. 서광일의 기록 목록은 다양하다. 그러나 보이지 않는 데서 제 삶을 꾸리고, 아직 오지 않은 내일을 만들기 위해 저에게 주어진 일을 묵묵히 수행한다는 점에서는 동일하다. 그 또한 그들 가운데 한 명으로서 나날의 삶과 노동을 기록하며 내일의 희망이 깃들 바탕을 마련하기 위해 애썼을 것이다. 때로 분노와 절망과 슬픔이 그를 사로잡지 않은 것은 아니었겠지만, 그럼에도 결코 포기하지 않고 그들과 함께 살며, 그들의 삶을 기록하며 어처구니없는 삶을 지속할 용기를 얻었을 것이다. 그의 시를 읽는 우리도 누추하지만 위대한 삶의 기록들을 읽으며 용기와 희망을 얻는다.

2. 더 나쁜 것이 아닌, 더 나은 것을 선택하기 위하여

시절은 수상하고, 사람들은 공동체의 더 나은 삶을 선택하기보다는 제 이익을 좇아 더 나쁜 것을 고른다. 더 좋은 것을 알고 그것에 찬성하며 또 그것을 따르는 데도 동의하지만, 결국 더 나쁜 것을 선택하는 것이다. 인간이 지닌 어쩔 수 없는 사악함 때문일까. 아니면 어떻게 해도 지울 수 없고, 결코 사라지지 않는 이기심 때문일까. 역사의 흐름을 바꾼 것도 이름 없는 이들이 지닌 거대한 힘의 연합이었던 만큼 기껏 만든 새로운 미래를 허물어뜨린 것도 그 연합이었음을 모르지 않으니 다만 그 힘의 방향을 두려워해야만 하는 것일까. 그러나 그 방향에 대해 무언가는 말해야 하고, 또 그럼으로써 우리의 내일을, 방금 지나온 어제처럼 엉망이 되지 않도록 해야 한다. 먼 데서도 그렇지만 가까운 데서도 우리는 뒤통수를 사정없이 후려치는 깨침을 얻어야 하고, 이를 바탕으로 조금씩은 나아가야 한다.

서광일의 시에는 헛된 희망이나 거짓 약속 같은 것들이 없다. 그의 시는 땀 흘려 일하며 정직하게 사는 이들의 절망과 분노와 슬픔과 희망을 아프게 기록한다. 어떻게 해도 삶이란, 살아 낸다는 것은 힘겹기 마련이어서 아픔과 슬픔을 담고 있지만 그의 시가 단지 억눌린 자들, 제 몫을 정당하게 돌려받지 못한 이들의 억울하고 고통스러운 삶만을 다룬 것은 아니다. 그의 시에는 억압받는 이들, 몫 없는 이들, 그리하여 을이라 불리는 이들의 삶이 자주 등장하지만, 그럼에도 이들은 분노의 감정에만 휘둘리지 않고 슬픔과 분노를, 곧 도래할 기쁨의 감정을 통해 극복할 방법에 대해

고민한다. 서광일의 시 자체가, 시 쓰기 자체가 그러한데 오늘까지 이어진 고통과 분노의 삶을 기록하는 것 자체가 아직 오지 않은 미래의 희망에 밑그림이 된다.

빠졌다
위험하다
몸부림친다

밤은 생각이 고이는 시간
기억이 부패한 사체처럼 떠오르는
낡고 오래된 저수지

바다를 지울 수 없다면
지칠 때까지 내버려 둬야 하나
생각이란 거 참 아프다

나쁘다 외롭다 악착같다

흡착돼 버린
당신이라는
수심

-「뒤에서 당신을 안았더니 물비린내가 나 속을 알 수 없는 그 푸름이 두려워 발도 담그지 않았는데 바다는 생명이 시작된 곳이라기보다는 끝나는 지점 같다며 갈매

기들이 영혼의 자릿세를 받으러 몰려다니는 깡패 같다
며 수평선인지 그 너머인지를 바라보던 당신의 눈동자
그 속에 뛰어들어 물질이 하고 싶었네」 전문

긴 제목이 인상적이고도 강렬한 이 작품은 '당신'에 대한 사랑을 담은 시이다. "당신의 눈동자" 속으로 "뛰어들어 물질이 하고 싶었"다는 전언의 핵심은 '당신'과 가까워져 '당신'과의 거리를 없애고 싶다는 것이니 조화와 합일을 바라는 욕망의 발현이라 해도 되겠다. 그러나 "당신의 눈동자"는 '내' 사랑이 강렬한 만큼 깊어, 가까이 가는 이를 위험에 휩싸이게도 하다. 한없는 깊이를 지닌 '당신'은 빠지고픈 욕망을 자극하지만, 그 깊이는 끝을 알 수 없어 위험과 두려움을 동시에 느끼게 한다.

그러나 위태롭지 않은 사랑이 어디 있는가. 시작과 끝을 알 수 있고, 크기와 깊이를 알 수 있는 사랑이란, 우리의 인식 범위 안에 있어 안전하겠지만 오히려 그래서 온전한 사랑이 될 수는 없다. 사랑은 알 수 없기에 기적이자 신비이다. 알 수 없음이 환기하는 두려움과 위험이 계속해서 사랑이 무엇인지 탐구하라고 강제하며, 사랑의 의미를 기어코 찾으라고 명령한다. 자극과 강제와 명령이 우리로 하여금 사랑으로 길을 내게 만들고, 그 목적지까지 갈 용기와 인내를 선사한다. 그 길이 멀고 험할지라도 사랑에 대한 기대와 희망이 있어 사랑은 불가사의한 힘의 원천이 된다.

"수심"은 물의 깊이이고 근심하는 마음이기도 하며, 동시에 '당신'이라는 사람의 깊이이면서 '당신'이 지닌 깊이, 곧 '당신'을 향한 사랑의 깊이이기도 하다. "당신이라는/수심"은 근심과 위험을 안고 있는 만큼 기대와 예감을 한층 더 자극하는 것이다. 깊이만큼 '나'를 움직이고, 깊이가 간직한 심연만큼 '나'를 살아 있게 한다.

서광일의 시에는 제 가치를 제대로 인정받지 못하고 제 이름으로 불리지 못하며 정당한 대우를 받지 못하는 이들이 자주 등장한다. 그들은 우리와 함께 지금, 이곳의 삶을 꾸리고 떠받치는 토대이자 기반이지만 그들의 삶은 위태로운 허공 위에 있는 것처럼 늘 아찔하고 위험하다. 시인이 전하는 목소리에 담겨 있는 진실함은 그 또한 그러한 삶의 현장에 가까이 있거나 실제로 체험했음을 방증한다. 그러나 생각해 보면 초고도 산업화와 전문화의 시대인 21세기 자본주의 사회에서 제 노동의 가치를 제대로 확인하고 인정받을 수 있는 사람이 얼마나 되겠는가. 누구도 제 노동의 내용과 가치에 대해서는 아는 바 없이, 자신에게 부여된 의무를 수행하며 아찔한 위험을 감내할 수밖에 없다. 위험을 없애는 것도, 위험을 피하는 것도 불가능하다. 우리에게 허락된 것은, 그리고 강요된 것은 외줄과도 같은 이 아찔한 위험을 아무런 도움 없이 건너가야 한다는 것이다.

재채기만 해도 벽을 두드리던 월세 17만 원
고시원마저 몸부림치듯 빠져나가 버렸네

벌어진 엄지발톱 같은 밤

패스트푸드, 횟집, 고깃집 주방에서 주야로
물류, 가구, 얼음, 화장품 공장에서 공사장으로
차고에서 창고로 컨테이너에서 비닐하우스로
터지고 곪고 떨어져 마르다가 물러지면 너

내일은 어디로 가야 하나

바닥이 되어 본 적 있지만
바닥에게 난 고통이었을까 연민이었을까

두꺼운 외투 껴입은 바지 부푼 지 오래
모자라도 좋고 코끼리 삼킨 보아 구렁이어도 좋아
소리뿐인 거리에서 너는 소리 없이 흘러내리네
누운 자리마다 야광별을 달면 은하수가 될 수

가족 같은 바닥
무좀 같은 거리
다닥다닥 달라붙은
발바닥과 마주했지

차갑고 딱딱하게 윤이 난 자리
눈물의 오래된 냄새 사라지지 않아

어둠이 어둠의 목을 물어뜯는 너의

—「네 자리는 어디인가」 부분

"재채기" 소리에도 예민하게 반응할 수밖에 없는 "월세 17만 원/고시원"을 떠나서, 온갖 낮고 어두우며 후미진 곳을 거쳐 마침내 "내일은 어디로 가야 하나" 고민하는 인생은 어떻게 살아야 할까. 갈 곳 없고 일할 곳 없는 이들은 어떻게 해야 할까. 그러나 뿌리 뽑힌 채 살아야 하는 이들도 살 수 있도록 해야 하지 않는가. 그들에게도 최소한의 생계 수단은 제공해야 하는 것이 공동체의 의무가 아닌가. "눈물의 오래된 냄새 사라지지 않"고 "어둠이 어둠의 목을 물어뜯는" 고통과 절망이 가득한 상황에서 목숨을 부지하는 것도 쉽지 않지만, 그들에게서 살 권리를 빼앗을 권리는 누구도 없다. 살아 있는 이들은 계속 살 수 있도록 해야 하고, 위험에 처해 있는 이들의 위험은 없애거나 줄여 주는 것, 이것은 마땅히 해야 하는 일이다.

그러나 마땅하다고 여기는 것이 더는 그렇게 여겨지지 않고, 제 삶에만 모든 관심을 쏟는 것이 권장되는 사회에서는 스스로 목숨을 던지거나 가족과 함께 지상의 삶을 정리하는 이들의 소식이 드물지 않게 들린다. 사건과 사고가 더는 새로운 소식이 아닌 2020년대 초 한국의 현실을 살다 보면 당위와 실제 사이의 거리가 얼마나 멀고 깊은지 아연실색하기에 이른다.

이 시집의 앞부분에는 일터에서 발생하는 근심과 불안과

공포를 토로한 시들이 많이 배치되어 있어 오늘의 한국 사회를 다시 한번 곰곰이 생각하게 한다. 일상적인 삶의 질서와는 너무나 큰 차이를 보이는 경매시장의 논리나 경영자와 고용주의 책임을 정당하게 묻는 중대재해처벌법을 꺼리는 우리 사회의 평균적인 정서 구조는 언제나 낯설다. 인구의 절대다수를 차지하는 가난한 사람들이 오히려 극소수의 자본가를 걱정하는 상황은 잘못돼도 단단히 잘못된 사회 아닌가(「무너지는」). 있는 사람은 더 가지게 되고, 없는 사람은 제 몫을 더 빼앗겨 마침내 삶의 터전이나 생계의 수단도 사라지는 상황. 이런 사람들에게도 권리가 남아 있다면 제 삶을 스스로 마감하는 권리 말고는 아무것도 없다는 절규는 읽는 사람의 안이한 감성과 지성을 사정없이 흔들어 놓는다(이와 연관된 이야기가 「아빠는 나비」, 「구연동화 워터월드 2」, 「새가 되어 가리」 같은 시에 잘 드러나 있다). 누군가는 무언가를 했고, 법이나 제도 또한 만들어졌다. 그러나 시인이 말하는 것처럼 "법이 만들어지자 해고만 늘었다/법을 바꿔도 명칭만 바꿔 피한다"는(「여름 우울」) 오늘의 사정을 떠올리면 지금, 여기를 어떻게 떠날 것인가, 고민하는 것 말고는 다른 방법이 있기는 힘들겠다.

지난 계절에는 지하철에서…… 화력발전소에서…… 방안에서……
고시원에서…… 노동자가, 작가가, 배우가, 세 모녀가,
선량하기만 했던 누군가와 누군가가 튕겨 나가

아무 데나 깨져 박힌 돌멩이 파편처럼 떠났지만
세상은 어느 것 하나 흐트러지지 않았으며
문득문득 혼선되며 연락이 닿는 듯했으나
어설프게 은폐된 문장들만 맴돌아

사람들은 어느새 퇴화를 선택했다
가해자도 피해자도 되지 않으려고
혼자…… 낯선 골목에 접어들면
늘 막다른 길에 들어선 것처럼
돌아서지도 못한 채 경직돼

사람이 사람을 사랑하는 것 같지만 그게
사랑하고 있는 나를 사랑하는 것이라면
내가 나를 죽이는 것 같지만 그게
누군가를 죽이지 못해 대신 죽이는 것이라면

주체할 수 없는, 숨겨지지 않는
그게 감정인지 상태인지 욕망인지
불분명한 울렁거림
혼자라는 울컥거림

—「엎치락뒤치락」 부분

여기저기서 치이고 꺾이다 결국 삶이라는 트랙에서 쫓기듯 "튕겨 나가" 마침내 제 흔적까지 말소되기에 이르러도 "세상은 어느 것 하나 흐트러지지 않"고, 그런 상황을 기록하려는 노력 또한 "어설프게 은폐된 문장들"로 남을 뿐이다. 세상은 누가 아파 소리를 지르거나 도움을 호소해도 애써 귀를 닫은 채 별 반응이 없다. 고통과 슬픔은 결국 혼자서 감내해야 하는 것이지 어느 누구도 관심을 기울이거나 달래는 것이 아닌 모양이다.

그러나 나의 고통은 그 원인이 내게 있다 하더라도 온전히 나만의 책임이라 할 수는 없다. 내가 속해 있는 세계에서 부딪치며 경험하는 것이 아픔이고 고통이니 이 세계 구성원들의 책임이 전혀 없다고 할 수 없기 때문이다. 누군가 아프다면 그것은 그 자신의 책임임과 동시에 그를 구성원으로 둔 공동체 전체의 공동 책임이다. 아니 더 근본적인 책임은 공동체에 있다고 해야 한다.

개인은 단지 하나일 뿐이지만 공동체는 여럿이다. 혼자서는 그 무엇도 제대로 할 수 없지만 여럿이 되면, 여럿이 힘을 모으면, 혼자서 할 수 없는 것을 해낼 수 있다. 그래서 인간은 집단을 이루고 사회를 구성한 것이 아닌가. 그것이 역사의 진행 과정이었고, 나아짐이라면 나아짐이었다. 역사에 단순한 진보란 없지만, 지금까지 이루어 낸 것을 되돌려서는 안 된다. 역사는 나아져야 하고, 동시에 젊어져야 하는 의무가 있다. 아니 역사를 그렇게 만들어야 할 의무가 우리에게 있다. "혼자라는 울컥거림"을 벗어나, 혼자라는 단독자의 세계, 홀로 존재하는 유아론의 세계에서 벗어나 새로운 공동체를 만들어야 한다. 우리가 잃어버린 과거를 다시 되돌이켜야 한다. 그것이 지금, 우리 시대가 요구하는 것이고, 또 서광일이 시로써 말하고자 한 것이 아닌가.

우리 삶을 좀 더 낫게 만드는 것, 그리하여 홀로의 삶에 빠져 부분과 파편으로만 사는 우리의 삶을 문제 삼는 것, 이를 통해 나 혼자만의 삶이 아니라 우리라는 공동체의 기반을 문제 삼고 그 바탕을 새로이 만드는 것, 이러한 것들이 우리가 해야 할 일이 아닐까. 과거를 끊임없이 되새기고 현재를 문제적 상황으로 파악하는 이가 갈 수 있는 방향이란 바로 여기이다.

서광일의 시는 나날의 노동에서 오는 곤고와 벗어날 수 없는 일상적인 가난과 누구든 죽음의 위험에 처하게 하는 이 사회의 광포한 무도함을 자주 고발한다. 그러나 그러한 고발은 절망과 무력감을 토로하기 위해서가 아니다. 오늘을 문제 삼는 것은 과거를 추억하며 새로운 미래를 만들기 위한 과정이다. 이 과정에 이 시대의 무도함과 사회의 광포함이 있다. 무도함과 광포함을 지나기 위해 우리에게 시라는 다리와 매개가 필요하다.

이천이십 년이 되면 고통도 죽음도
애프터서비스를 받을 수 있을 거라 믿었지

우리는 눈에 보이지 않는 공포로 얼굴을 가리고
띄엄띄엄 안부를 묻지 안도를 끼워 넣지

끌어 올리려고 애를 썼지
너는 우리의 슬픈 뒤꿈치를 들어 올려 주었지만

어쩔 수 없는 건
어쩔 수 없는 것

어느 날 아침의 일부가 되어 버린 너
긴 밤이 된 우리

—「P를 추억」 부분

오래전 꿈꾸었던 미래가 오늘이 된 지금, 그 시절의 꿈을 되돌이켜 보면 아직도 이루어지지 않은 것이 많다. 그토록 꿈꾸었던 내일이 바로 오늘이 되었으나, 내일을 꿈꾸던 그때보다 오늘이 얼마나 나아졌는지 알 수 없다. 지난 시절 힘차게 쏘아 올린 화살은 자취도 없이 사라졌고, 기대했던 미래는 바라던 것과는 전혀 다른 모습이다. 믿음의 굳셈과 희망의 크기와 상관없이 미래는 언제나 아직 오지 않은 것으로 남아 있을 뿐이다.

변한 것은 아무것도 없고, 변하지 않은 것만이 남아 변화에 대한 희망을 자극한다. 영원히 변하지 않는 것은 없다. 지금 변하지 않는 것처럼 보이는 것도 결국엔 변하고야 만다. 변하지 않는 것을 변하게 하는 것은 시간의 흐름만이 아니라 변화에 대한 희망과 믿음이기도 하다. 아직 변하지 않은 것은 변화에 대한 믿음과 희망만큼 변한다. 우리가 믿고 희망하는 대로 변화는 이루어진다. 그러니 천지개벽 같은 지나치게 큰 변화는 아니라 할지라도, 아주 미세한 변화라 할지라도 끊임없이 변화를 만들기 위해 애쓸 일이다.

악화가 양화를 구축한다는, 저 오래되고 낡은 금언을 부수고 새로운 원리를 만들 권리와 의무가 우리에게 있다. 세상에는 악이 있을 수밖에 없고 악이 지배적인 삶의 원리가 될 수도 있지만, 오히려 악을, 그것을 없앨 수 있는 출발점으로 삼아야 한다. 보편적인 삶은 악을 바탕으로 하는 것이 아니라 단지 악이라는 현상을 필연적으로 요구하는 것뿐임을 우리가 증명해야겠다. 멸망으로 인도하는 문은 크고 넓어서 그리로 가는 자가 많으나, 생명으로 인도하는 문은 좁고 협착하여 그리로 가는 자가 드물다는, 오래되고 낡은 금언을 부수고 새로운 삶의 원리를 만들 수 있어야 하지 않겠는가.

3. 추억한다는 것은 새로운 미래를 만드는 것이다

서광일의 빼어난 시들은 대개 일상의 곤고를 뼈아프게 전달하는 경우가 많다. 그래서 그의 시를 읽다 보면, 시란 아름다움에 대한 동경이기보다는 고통과 슬픔과 아픔에 대한 깨침이 아닌가 생각하게 된다. 개인으로서 자신과 주변의 환경과 조건에 눈뜨며 한 인격체로 성장하는 과정이 결국 저 홀로 아픔을 겪고 견디며 마침내 공동체의 고통에까지 이르는 과정임을 그의 시를 읽으며 다시 깨치게 되는 것이다. 어떤 면에서는 기쁨과 즐거움보다 고통과 슬픔을 통해서 자신과 공동체의 삶에 대해 좀 더 깊은 이해를 하게 된다고도 할 수 있을까.

서광일이 어떤 삶의 이력을 지나왔기에 이러한 사정을 시로 쓰게 되었는지 온전히 다 알 수는 없다. 그러나 그가 써 온 시들을 통해 저간의 사정을 짐작하고, 그가 앞으로 쓸 시를 추측해 볼 수는 있다. 1994년에 등단하고 2000년에 다시 등단하였으니, 그가 시를 본격적으로 쓰기 시작한 지가 벌써 30년 가까이 되는데 이번 시집이 두 번째이다. 분량으로 치면 많지 않은 것이 사실이다. 그러나 그의 시가 던지는 물음은 묵직하고 단단하다. 그의 이력에서 발견할 수 있듯 오래도록 그가 배우로서 세상의 모든 누추한 곳을 두루 다니느라 그러하기도 했겠지만, 단지 문학에만이 아니라 연극에도 자신의 삶을 투신하며 두 종류의 일을 모두 전력으로 해 온 까닭에 보통 사람들은 좀체 알 수 없는 것들을 체득해서 그러했을 것이다. 자신만의 삶이 아니라 타인의 삶을 살아 보면서 타인의 감정을 경험할 수 있었을 테고, 그러한 과정을 통해 시대와 역사가 우리에게 강제한 억압과 고난을 잠시나마 직접 살 수 있었을 테니 말이다. 시집에 등장하는 다양한 인물들의 삶이 모두 그의 것이 될 수는 없었겠지만 그럼에도 그러한 삶의 다양성과 구체성이 어떤 형태로든 시인의 삶과 시에 영향을 끼쳤음을 부정할 수는 없다. 끊임없이 자신을 타인에게 개방하고, 타인이 자신에게 머무를 수 있도록 자신을 비우는 수련을 계속 이어오면서, 그는 타인과 가까워졌을 테고, 그럼으로써 타인과 함께 살아갈 공동체의 기반과 형태를 꿈꾸고 그려 볼 수 있었을 것이다. 두 번째 시집까지가 그가 경험한 것들의 기록이라면 앞으로 그가 건네줄 노래는 그가 꿈꾸었고 또 꿈꾸는 것들 쪽에 좀 더 가까워지지 않을까.

느리지만, 오히려 그래서 먼 데까지 닿는 그의 시적 행보와 사유는 세상의 모든 아픔과 고통의 소리를 만나고 들으며 우리를 좀 더 깊고 먼 데까지 이끈다. 혼자서는 빨리 갈 수 있으나, 함께 가면 좀 더 멀리, 오래 갈 수 있다. 느리지만 꾸준한 그의 시 쓰기가 기어코 그를, 그리고 독자를, 그리하여 마침내 우리 모두를 새로운 깨침에 이르게 할 것이다.